4人《にん》はそれぞれ
どの夢《ゆめ》を見《み》ているのかな？
寝言《ねごと》にあっている夢《ゆめ》を
①〜③の中《なか》からえらんでみよう。

① 晴《は》れ　② 大雨《おおあめ》　③ 吹雪《ふぶき》

雪娘《ゆきむすめ》のゆき子《こ》

① カミナリ　② 豆《まめ》　③ お酒《さけ》

雷《かみなり》のピカゴロ

怪談 オウマガドキ学《がく》園《えん》

保健室《ほけんしつ》で見《み》たこわい夢《ゆめ》

「体重測定《たいじゅうそくてい》」

怪談オウマガドキ学園編集委員会
責任編集・常光徹　絵・村田桃香 かとうくみこ 山﨑克己

どこかにあるけど
どこだかわからない
この世《よ》とあの世《よ》のさかいめあたり
昼《ひる》と夜《よる》とがまじりあう
オウマガドキは
ふしぎの時間《じかん》

とびらがひらけば
そこが入《い》り口《ぐち》
クラスメートは
オバケと幽霊《ゆうれい》と妖怪《ようかい》と……
さあ、もうすぐ授業《じゅぎょう》がはじまるよ
さむい〜
みんないろんな夢《ゆめ》を見《み》ているな

「保健室《ほけんしつ》で見《み》たこわい夢《ゆめ》」の時間割《じかんわり》

オウマガドキ学園

はじまりのHR《ホームルーム》

あたたかな気持《きも》ちのいい晩《ばん》です。

猫又《ねこまた》タマ子《こ》先生《せんせい》がせんすをヒラヒラさせながら、「ネコが出《で》た出《で》た、ネコが出《で》た」とうたっておどりながら教室《きょうしつ》にやってきました。

「起立《きりつ》！　礼《れい》！　着席《ちゃくせき》！」

と、今日《きょう》の当番《とうばん》のミイラまきまきくんが声《こえ》をかけました。

「おばんです！　みなさ～ん。お元気《げんき》ニャ？」

そういいながら、タマ子《こ》先生《せんせい》は、教室《きょうしつ》のみんなを見《み》まわしました。

「おや、ぶるぶるくん、ニャンだかようすがおかしいんじゃニャい？」

みんながいっせいに、ぶるぶるくんを見《み》ました。

もともと青白《あおじろ》かったぶるぶるくんの顔《かお》が真《ま》っ青《さお》になり、いつにもまし

てはげしくぶるぶるふるえています。

「先生《せんせい》！　保健室《ほけんしつ》に行《い》ったほうがいいんじゃないでしょうか」

と、学級委員《がっきゅういいん》の河童《かっぱ》の一平《いっぺい》がいうと、みんなも「そうだ、そうだ」といいました。

「だれか保健室《ほけんしつ》までついていく人《ひと》いニャい？」

とタマ子先生《こせんせい》がいうと、すぐさま、

「わたしが行《い》きます」

と、幽麗華《ゆうれいか》が名《な》のり出《で》ました。

「ええっ！　麗華《れいか》ちゃんが行《い》くの？」

一平《いっぺい》がすっとんきょうな声《こえ》をあげましたが、ふたりは保健室《ほけんしつ》にむかい

コラ～
せきにつくニャ～！
ザワ
ザワ
ザワ
ギ
う……うん…
だいじょうぶ？
ゴボ……
さむい……でもちょっとうれしい……

ました。
保健室《ほけんしつ》に行《い》くと、口《くち》さけ女先生《おんなせんせい》がいて、
「あら、ぶるぶるくん、どうした⁉　顔《かお》が
真《ま》っ青《さお》じゃない」
といいながら、ベッドのカーテンをあけて、
「さあ、ここにねて！　とりあえず体温《たいおん》をは
かってみようね」
と、ぐいと体温計《たいおんけい》をさしだしました。
ぶるぶるくんはわきの下《した》に体温計《たいおんけい》をはさみ、
ただただ体《からだ》を大《おお》きくふるわせていました。

「どれ、そろそろいいかな。きゃっ、つめたい体《からだ》！」

体温計《たいおんけい》をぬこうと、ぶるぶるくんの体《からだ》にふれた口《くち》さけ女先生《おんなせんせい》は、おどろきの声《こえ》をあげました。

「まあ、マイナス十五度《ど》！　ちょっとひくすぎない？」

と、幽麗華《ゆうれいか》に聞《き》くと、

「幽霊《ゆうれい》の平均体温《へいきんたいおん》は、マイナス五度《ど》ですから、かなりひくいです」

とこたえました。

「しばらくここでねていなさい！　あんたは、教室《きょうしつ》に帰《かえ》って、ぶるぶるくんはしばらく保健室《ほけんしつ》で休《やす》むとつたえるのよ」

と、幽麗華《ゆうれいか》を教室《きょうしつ》に帰《かえ》しました。

ぶるぶるくんは、はじめは口《くち》さけ女先生《おんなせんせい》がこわくて、よけいにふるえていましたが、そのうち、先生《せんせい》の用意《ようい》してくれた湯《ゆ》たんぽと山《やま》のようなふとんのおかげで、ようやく体《からだ》があたたまって、うとうとしはじめました。

そして、夢《ゆめ》の世界《せかい》へ……。

ここはどこ…?

ゆかいで楽《たの》しい
オウマガドキ学園《がくえん》の

生《せい》徒《と》紹《しょう》介《かい》

バクのクースケ

ときどき人間《にんげん》の世界《せかい》へ行《い》って、悪《わる》い夢《ゆめ》を食《た》べている。こわい夢《ゆめ》ほどおいしいらしい。夢《ゆめ》を食《た》べるのにいそがしかったり、おなかいっぱいになったりして、授業中《じゅぎょうちゅう》にいねむりをしていることもある。のんびりやさんで、お菓子《かし》も大好《だいす》き。

夢《ゆめ》の味《あじ》（クースケ調《しら》べ）

悲《かな》しい夢《ゆめ》

すっぱい

こわい夢《ゆめ》

おこった夢《ゆめ》

からい!

ミイラまきまきくん

遠《とお》くに住《す》んでいるらしく、たまにしか学園《がくえん》にこない。古代《こだい》エジプトの王様《おうさま》の子孫《しそん》だといわれている。ひかえめだが、とてもやさしくて、クラスのだれかが具合《ぐあい》が悪《わる》くなると、自分《じぶん》のほうたいをまいて手当《てあ》てしてあげる。

ぶるぶるくん

幽霊《ゆうれい》のくせに寒《さむ》がりで、いつもぶるぶるふるえているのでその名《な》がついた。ふるえるものだから、うまくしゃべれなくて、だんだん無口《むくち》になっている。ひそかに、おなじ幽霊《ゆうれい》の幽麗華《ゆうれいか》にあこがれている。

1時間目《じかんめ》

メルドンの魔女《まじょ》

岩倉千春《いわくらちはる》

むかし、メルドン村《むら》にメグという名前《なまえ》のおばあさんが住《す》んでいて、村《むら》の人《ひと》たちみんなにこわがられていた。魔女《まじょ》だといわれていたからだ。

メグばあさんはものすごいけちんぼうでもゆうめいだった。買《か》い物《もの》をするときは、すこしでも安《やす》くしてもらおうと、なんだかんだと売《う》り物《もの》に文句《もんく》をつける。すると売《う》り手《て》は値段《ねだん》をさげないわけにはいかなかった。メグのきげんをそこねたら、どんなまじないをかけられるか、わかったものではないからだ。

「ああやって、たっぷりお金《かね》をためこんでいるんだろうな」

「お金《かね》のかくし場所《ばしょ》が何《なん》か所《しょ》もあるらしいぞ」

村《むら》の人《ひと》たちはときどきそんなうわさ話《ばなし》をした。でもだれもほんとうのことはしらなかったし、さがしてみようという人《ひと》もいなかった。

メルドン村《むら》の近《ちか》くに、まずしいお百姓《ひゃくしょう》がいた。畑《はたけ》をかりてたがやして、いっしょうけんめいはたらいていたが、高《たか》い借《か》り賃《ちん》をはらうと、手《て》もとにのこるのはほんのすこし。それでなんとかくらしを立《た》てていた。

あるとき、そのお百姓《ひゃくしょう》が夢《ゆめ》を見《み》た。メルドン村《むら》の塔《とう》の近《ちか》くに古《ふる》い井戸《いど》があって、そばに人《ひと》が立《た》っている。そして、こんな声《こえ》が聞《き》こえてきた。

「この井戸《いど》の底《そこ》に、メグのお金《かね》がかくしてある。真夜中《まよなか》にひとりで行《い》けば、お金《かね》が手《て》に入《はい》る。この男《おとこ》が手《て》つだってくれるだろう。だが、ふたりとも声《こえ》を出《だ》してはならない。ひと言《こと》でも口《くち》をきいたら、宝《たから》は手《て》に入《はい》らない」

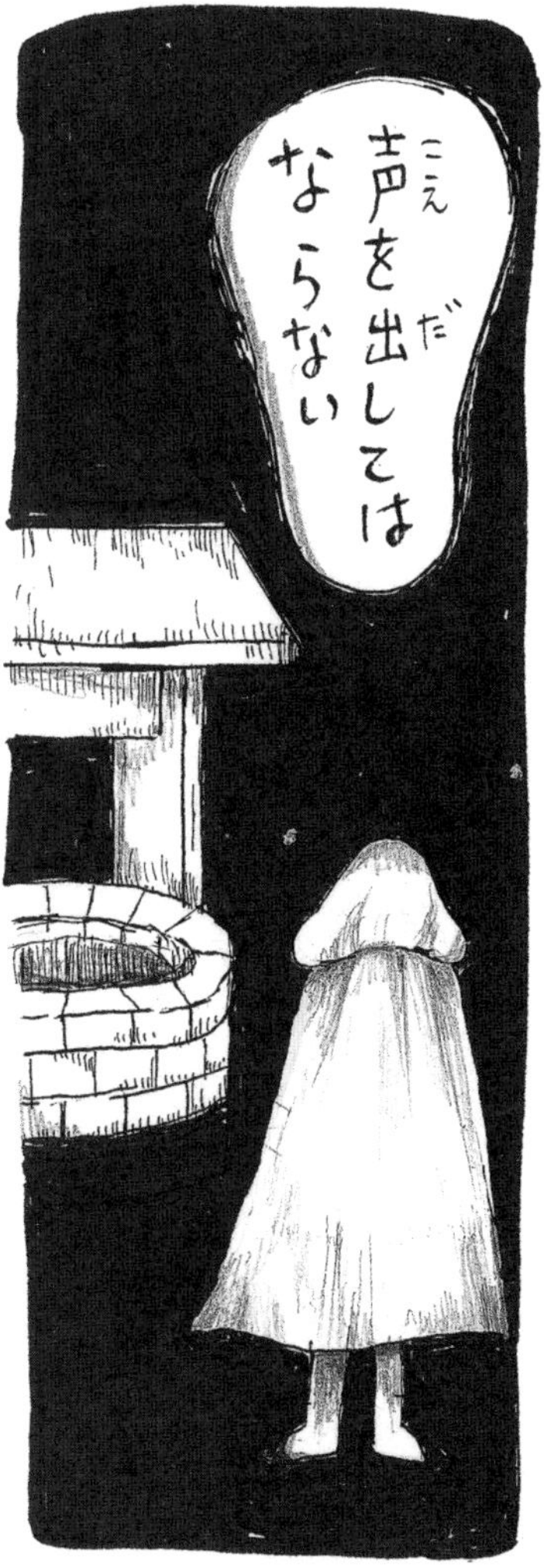

朝《あさ》になって目《め》がさめても、お百姓《ひゃくしょう》は夢《ゆめ》をはっきりおぼえていた。

(井戸《いど》の底《そこ》にメグのかくし金《がね》があるって、ほんとうのことかなあ。ほんとうだとしても水《みず》の底《そこ》からとれるわけがない。それに、真夜中《まよなか》にメルドン村《むら》をひとりで歩《ある》くなんて、そんなおそろしいこと、だれがやるものか)

そう思《おも》って、夢《ゆめ》のことはわすれていた。

ところが、しばらくして、友《とも》だちとおしゃべりをしていたときのことだ。友《とも》だちがこんなことをいった。

「メルドン村《むら》の塔《とう》のそばの古《ふる》い井戸《いど》をしってるかい？　井戸《いど》っていってるけど、あれはもう何年《なんねん》も前《まえ》からひあがっていて、水《みず》なんてスプーン一杯《ぱい》もありゃあしないんだよ」

「へえ、そうなのか」

お百姓《ひゃくしょう》はさりげなく返事《へんじ》をしたが、夢《ゆめ》に見《み》たあの井戸《いど》だということはすぐにわかった。

つぎの日《ひ》、お百姓《ひゃくしょう》は塔《とう》のまわりの生《い》け垣《がき》の手入《てい》れをしながら、井戸《いど》に近《ちか》づいた。小石《こいし》をひとつ投《な》げこんで、耳《みみ》をすましたが、いつまでたっても、水《みず》の音《おと》はしない。

「あいつがいったとおり、ほんとに水《みず》はないんだな。ということは、ひょっとしたら……」

その夜《よる》、お百姓《ひゃくしょう》は勇気《ゆうき》をふりしぼって、そっと家《いえ》を出《で》て井戸《いど》にむかった。井戸《いど》のそばにきたとき、教会《きょうかい》の鐘《かね》が十二時《じ》を打《う》った。夢《ゆめ》で見《み》たとおりに、井戸《いど》のわきには、見《み》しらぬ男《おとこ》が立《た》っていて、鉄《てつ》のかぎがついた長《なが》いロープをもっている。男《おとこ》はお百《ひゃく》姓《しょう》の顔《かお》を見《み》て大《おお》きくうなずいた。お百《ひゃく》姓《しょう》もうなずきかえして、ふたりはだまってロープを井戸《いど》の上《うえ》の巻《ま》きあげ機《き》にまきつけた。

しずかにかぎをおろしていくと、かぎが底《そこ》についた。お百姓《ひゃくしょう》はもうすこしで声《こえ》を出《だ》しそうになったが、夢《ゆめ》の中《なか》で聞《き》いたことを思《おも》いだしてがまんした。

それからロープをつかんで、あっちこっちにかぎをうごかした。しばらくすると、手《て》ごたえがあった。なにかがひっかかったようだ。

ふたりはロープをまきあげはじめた。ぐるぐる取《と》っ手《て》をまわすと、重《おも》みが手《て》につたわってくる。すこしずつ、かぎの先《さき》のなにかがあがってきた。

(きたぞきたぞ。もうすぐおれは金持《かねも》ちになれる。そしたら、小《ち》さい畑《はたけ》を買《か》おう。もう借《か》り賃《ちん》なんかはらわなくてすむ。家《いえ》もなおして大《おお》きくしよう)

ほくほくしながら、さらにロープをまきあげると、かぎの先《さき》についているものが見《み》えて

きた。ずっしり重《おも》い大《おお》きな袋《ふくろ》だ。お百姓《ひゃくしょう》は袋《ふくろ》に手《て》をのばした。

「やったぞ！」

そのとたんに、袋《ふくろ》からかぎがはずれた。

（あっ！）

声《こえ》を出《だ》してはいけないのだ。でも、もうおそい。袋《ふくろ》は井戸《いど》の底《そこ》へおちていった。

フッフッフ

笑《わら》い声《ごえ》にふりかえると、いっしょにロープをまきあげていた男《おとこ》は、みるみるうちに姿《すがた》がかわって、メグばあさんになった。

ハーハッハッハ

メグはかん高《だか》い声《こえ》で笑《わら》って、ふっときえてしまった。

お百姓《ひゃくしょう》はおどろいたのなんの。命《いのち》からがらにげかえって、そのあとは二度《にど》とその井戸《いど》に近《ちか》づかなかった。

長吉《ちょうきち》の夢《ゆめ》

宮川《みやかわ》ひろ

むかし、岐阜県《ぎふけん》の沢山《さわやま》というところで、ずっと炭《すみ》をやいてくらしている、長吉《ちょうきち》という男《おとこ》がおった。

炭《すみ》にする原木《げんぼく》は根《ね》もとからきりたおし、枝《えだ》をおろして窯《かま》に入《い》れる長《なが》さにきりそろえる。ノコギリとナタをつかって、力《ちから》とこつと気合《きあ》いでこなしていく。

きった原木《げんぼく》を窯《かま》につめこんで火《ひ》をつける。けむりの色《いろ》でやけぐあいを見《み》る。気《き》のぬけない仕事《しごと》に山《やま》の小屋《こや》へとまりこむ日《ひ》がつづくこともある。

手《て》もとが見《み》えなくなるまで体《からだ》をうごかしてほっとひと区切《くぎ》り、道具《どうぐ》をかたづけると、きまって山《やま》の神様《かみさま》に手《て》を合《あ》わせる長吉《ちょうきち》だった。

――今日《きょう》もぶじに仕事《しごと》をさせてもらえました。

と、しずかに祈《いの》って長吉《ちょうきち》の長《なが》い一日《いちにち》は終《お》わる。

つかれきった体《からだ》はことんとねむって、夢《ゆめ》を見《み》ることなどはないふかいねむりだ。

ところがある夜《よ》、長吉《ちょうきち》はふしぎな夢《ゆめ》を見《み》た。白《しろ》いひげの仙人《せんにん》のような人《ひと》があらわれて、

――高山《たかやま》の町《まち》へ行《い》って味噌買橋《みそかいばし》の上《うえ》に立《た》ってみるがいい。たいそういい

話《はなし》を聞《き》かせてもらえるだろう。

しずかな声《こえ》でそういわれたところで、長吉《ちょうきち》は目《め》がさめた。

はて、夢《ゆめ》だったのか……。だがただの夢《ゆめ》ではないような……。それは、長吉《ちょうきち》の心《こころ》にそっと聞《き》かせてくれた、山《やま》の神様《かみさま》の声《こえ》だったのではないかと、そんな気《き》がしてきたのだ。

信心《しんじん》ぶかい長吉《ちょうきち》は、神様《かみさま》の声《こえ》ならばしたがわなければと思《おも》いたって、高山《たかやま》の町《まち》へ出《で》ると味噌《みそ》買橋《かいばし》の上《うえ》に立《た》ってみた。

橋《はし》の上《うえ》はおおぜいの人《ひと》が行《い》ったりきたり、それでも長吉《ちょうきち》に声《こえ》をかけてくれる人《ひと》などいないまま、一日《いちにち》はくれてしまった。またあくる日《ひ》もじっと立《た》ってみたが、なにもいい話《はなし》など聞《き》けないまま、三日《みっか》、四日《よっか》、五日《いつか》とすぎてしまった。はて、どうしたものかと思案《しあん》していたそのときだ。味噌買橋《みそかいばし》のたもとのとうふ屋《や》の主人《しゅじん》が、何日《なんにち》も橋《はし》の上《うえ》に立《た》ちつづける長吉《ちょうきち》をふしぎに思《おも》って、

「あんたさん、なんでそこに毎日《まいにち》立《た》って、う

ろうろしていなさるんや」

とたずねた。長吉《ちょうきち》が夢《ゆめ》の話《はなし》をすると、とうふ屋《や》は笑《わら》っていった。

「夢《ゆめ》の話《はなし》なんぞあてにしなさんな。わしもこのあいだ夢《ゆめ》を見《み》てな、なんでも乗鞍岳《のりくらだけ》のふもとの沢山《さわやま》という村《むら》に長吉《ちょうきち》という男《おとこ》がおる。その家《いえ》の庭《にわ》の松《まつ》の木《き》の根《ね》もとをほってみよ、宝物《たからもの》が出《で》てくるといわれたがな。おれは沢山《さわやま》なんていうところへ行《い》ってみたこともない。そんなばかげた夢《ゆめ》をしんじる気《き》になどなれんわい。悪《わる》いことはいわない、いいかげんに帰《かえ》るがいい」

長吉《ちょうきち》はこれこそ夢《ゆめ》で聞《き》いたいい話《はなし》だと、心《こころ》をおどらせてとぶようにして家《いえ》へ帰《かえ》っていった。さっそく庭《にわ》の松《まつ》の木《き》の根《ね》もとをほってみると、出《で》てきた出《で》てきた。金銀《きんぎん》の宝物《たからもの》がざくざくと出《で》てきたではないか。

これはこれは、山《やま》の神様《かみさま》からのありがたいおくりものよと、たまげたりよろこんだり。

そして長吉《ちょうきち》は村《むら》の人《ひと》びとから福徳長者《ふくとくちょうじゃ》といわれるようになったということだ。

休《やす》み時間《じかん》

いろいろな夢《ゆめ》 その1

コン吉《きち》の正夢《まさゆめ》 ポン太《た》の逆夢《さかゆめ》

正夢《まさゆめ》
夢《ゆめ》で見《み》たことがほんとうにおきること。

夢《ゆめ》 山姥銀子先生《やまうばぎんこせんせい》においかけられた、恐怖《きょうふ》の悪夢《あくむ》。

現実《げんじつ》

げっ！ほんとに山姥先生《やまうばせんせい》がおいかけてくるぜ

逆夢《さかゆめ》　夢《ゆめ》で見《み》たことと反対《はんたい》のことがおきること。

2時《じ》間《かん》目《め》

予知夢《よちむ》

石崎洋司《いしざきひろし》

これからお話《はな》しすることは、ほんとうにあったことです。

いつ、そして、どこでおきたのかはいえません。でも、ほんとうのことです。なぜって、ぼく自身《じしん》が体験《たいけん》したことなのですから。

あれは、ぼくが高校生《こうこうせい》のころのことでした……。

ぼくは、空《そら》にうかんでいました。とんでいるのではありません。風船《ふうせん》につかまってでもいるかのように、音《おと》もなく、ただ、ふわふわとういていました。

足《あし》もとには、にぎやかな街《まち》なみが広《ひろ》がっています。大小《だいしょう》さまざまなビル、看板《かんばん》、車《くるま》の行《い》きかう道路《どうろ》……。どれも見《み》おぼえがあります。もちろん、高《たか》いところから見《み》おろすのははじめてですが、それでも、そこが、ぼくの家《いえ》のそばを走《はし》る電車《でんしゃ》の終点《しゅうてん》で、子《こ》どものころから何度《なんど》も遊《あそ》びに出《で》かけたことのある「都会《とかい》」であることは、はっきりとわかりました。

(あのデパートの屋上《おくじょう》には、何《なん》か月《げつ》か前《まえ》に行《い》ったっけ!)

夕方《ゆうがた》なのでしょうか、あたりはうすぐらく、派手《はで》なネオンや街灯《がいとう》がともっています。会社《かいしゃ》や学校《がっこう》から帰《かえ》る人《ひと》たちでしょうか、デパートの下《した》の

OUMAGAデパート
バーゲン
オウマガ
DENKI

広《ひろ》い歩道《ほどう》には、米つぶほどの大《おお》きさの人間《にんげん》がたくさん見《み》えます。ぞろぞろ歩《ある》いたり、むかってくる人《ひと》とぶつかったり、くるりと逆《ぎゃく》もどりしたり……。

(ここから見《み》ると、まるで、アリの行列《ぎょうれつ》みたいだな)

ふしぎだけれど、楽《たの》しい気分《きぶん》で、あちこちながめていたときです。ふと、おかしなことに気《き》づきました。

さっきのデパートの屋上《おくじょう》を、人《ひと》かげがひとつ、ゆっくりと、そして、まっすぐに、建物《たてもの》のふちにむかっているのです。

屋上《おくじょう》にはフェンスが二重《じゅう》にはりめぐらされています。フェンスとフェンスのあいだには、大《おお》きなエアコンなどの機械《きかい》がところせましとおいて

あります。でも、人《ひと》かげは、フェンスをのりこえ、機械《きかい》のあいだをすりぬけ、さらにもうひとつのフェンスものりこえていきます。やがて、人《ひと》かげは、屋上《おくじょう》のふちで足《あし》を止《と》めると、そっと下《した》をのぞきました。

(まさか、とびおり自殺《じさつ》しようとしているんじゃ……)

だとしたら、たいへんです。なぜって、デパートの真下《ました》は、広《ひろ》い歩道《ほどう》。通勤通学《つうきんつうがく》の人《ひと》びと、買《か》い物客《ものきゃく》などで、ごったがえしているのです。

(あんなところへとびおりたら、下《した》を歩《ある》いている人《ひと》が……)

そう思《おも》ったときにはもう、下《した》をのぞいていた人《ひと》かげは、体《からだ》をおこしていました。そして、それから、ゆっくりと足《あし》を宙《ちゅう》にふみだしました。

黒《くろ》いかげが、人《ひと》のむれにむかって、まっすぐにおちていきます。

つぎの瞬間《しゅんかん》、池《いけ》に石《いし》を投《な》げこんだかのように、人《ひと》ごみの中《なか》に、ぱっと丸《まる》い輪《わ》が広《ひろ》がりました。

真《ま》ん中《なか》に人《ひと》がたおれていました。ひとりではなく、ふたり……。

(おそれていたことがおきたんだ。とびおり自殺《じさつ》をした人《ひと》が、下《した》を歩《ある》いていた人《ひと》にぶつかったんだ……)

ぼくは胸《むね》がどきどきしてきました。とんでもないものを目撃《もくげき》してしまった。そう思《おも》うと、息《いき》がはずんできました。そうして……。

がばっと、体《からだ》をおこしました。目《め》の前《まえ》にひろがっているのは、自分《じぶん》の部屋《へや》。体《からだ》の下《した》にあるのは、自分《じぶん》のベッド。

（なんだ、夢《ゆめ》か……）

それにしても、おかしな夢《ゆめ》を見《み》たものです。こわい夢《ゆめ》を見《み》ることはあります。でも、こわい目《め》にあうのは、たいてい自分《じぶん》です。自分《じぶん》が空《そら》をとび、墜落《ついらく》しそうになって、はっと目《め》をさます……。そんな話《はなし》はよく聞《き》きます。でも、いまのは空《そら》をぷかぷかとうかんで、自分《じぶん》とはなんの関係《かんけい》もない人《ひと》のとびおり自殺《じさつ》と、そのまきぞえ事故《じこ》を「目撃《もくげき》」しただけ……。

（なんで、あんな夢《ゆめ》を見《み》たんだろ。心《こころ》あたりもなにもないのに……）

ぼくは、そのまま横《よこ》になると、またねいりました。そして、それきり、夢《ゆめ》のことはわすれました。

三日《みっか》後《ご》。新聞《しんぶん》を広《ひろ》げたぼくの目《め》に大《おお》きな見出《みだ》しがとびこんできました。

《とびおり自殺《じさつ》のまきぞえで女性《じょせい》が死亡《しぼう》》

一日前《にちまえ》の夕方《ゆうがた》、とあるデパートの屋上《おくじょう》から、ひとりの男性《だんせい》がとびおり自殺《じさつ》をはかり、真下《ました》を歩《ある》いていた会社帰《かいしゃがえ》りの女性《じょせい》にぶつかって、どちらも亡《な》くなった、そう書《か》かれていました。三日前《みっかまえ》に見《み》た夢《ゆめ》と、場所《ばしょ》もシチュエーションも、ぴったり一致《いっち》しています。でも、息《いき》が止《と》まるほどおどろいたのは、記事《きじ》の横《よこ》の写真《しゃしん》を見《み》たときでした。

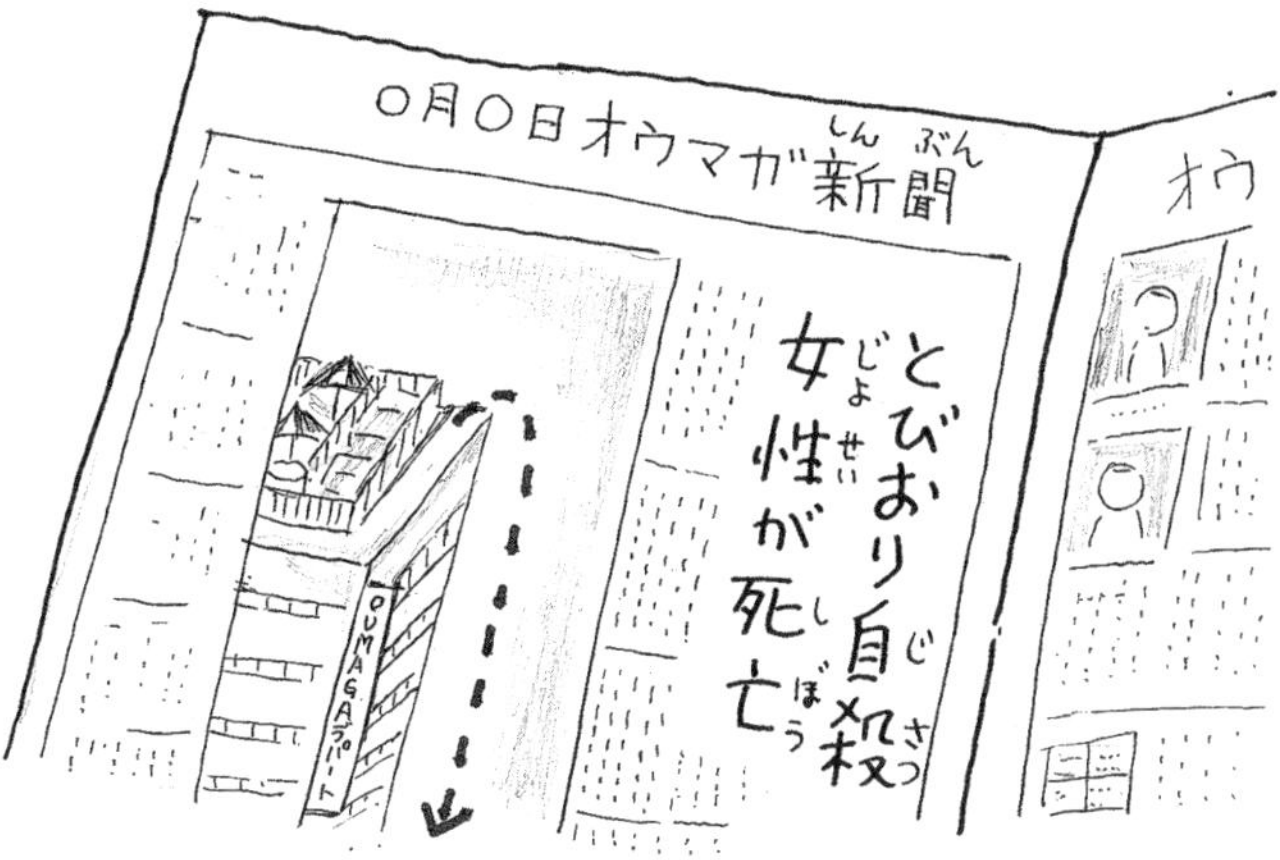

ヘリコプターから撮影《さつえい》されたのでしょうか、ななめ上《うえ》のほうから見《み》たデパートがうつっていました。

デパートの屋上《おくじょう》、二重《じゅう》のフェンス、フェンスのあいだの白《しろ》い機械《きかい》……。

角度《かくど》、明《あか》るさ、うつっているもの……。すべてが、ぼくの見《み》た夢《ゆめ》とまったくおなじ「映像《えいぞう》」です。

写真《しゃしん》には、デパートの屋上《おくじょう》から下《した》にむかって点線《てんせん》がかきこまれていて、とびおりた場所《ばしょ》と、衝突事故《しょうとつじこ》の場所《ばしょ》をしめしていましたが、もちろん、それも夢《ゆめ》とぴったりおなじ……。

じつは、この数《すう》か月後《げつご》と、さらにその一年後《ねんご》、おなじように、事故《じこ》を予知《よち》する夢《ゆめ》を見《み》ました。おかげで、友人《ゆうじん》からは「自分《じぶん》が事故《じこ》にあわないか、教《おし》えてくれないか」と、よくたのまれましたが、自分《じぶん》の関係者《かんけいしゃ》はもちろん、自分《じぶん》についての夢《ゆめ》すら、まったく見《み》ないので、どうしようもありません。

そもそも、なぜこんな夢《ゆめ》を見《み》たのか、どんな意味《いみ》があるのか、まったくわかりません。しかも、その後《ご》、予知夢《よちむ》はまったく見《み》なくなりました。

ですから「予知夢《よちむ》なんて、あるわけない」といわれても、いいかえすつもりはありません。

けれども、この三回《かい》だけは、たしかに、実際《じっさい》におきたことなのです。

白《しろ》い手《て》

小沢清子《おざわきよこ》

朝《あさ》、学校《がっこう》へ行《い》くとちゅうだった。
亨《とおる》は、家《いえ》の近《ちか》くの橋《はし》の上《うえ》で、ふと、朝方《あさがた》に見《み》た夢《ゆめ》を思《おも》いだした。
(そうだ、夢《ゆめ》に出《で》てきたのは、この川《かわ》だ)
コンクリートの橋《はし》の欄干《らんかん》から、四メートル下《した》の、水面《すいめん》をのぞきこんだ。
一週間前《しゅうかんまえ》には、上流《じょうりゅう》で大雨《おおあめ》がふって、にごった水《みず》が、道路《どうろ》まであふれそうだった。

いまは水《みず》がひいて、川《かわ》はいつもの流《なが》れにもどっている。ただ、ながされてきた板切《いたき》れや、木《き》の枝《えだ》や、根《ね》こそぎたおされた木《き》などが、水面《すいめん》につきでていたり、岸《きし》にひっかかったりしてる。

(なんで、あんな夢見《ゆめみ》たんだろう)

それはなんとも、きみの悪《わる》い夢《ゆめ》だった。

夢《ゆめ》の中《なか》で亨《とおる》は、いまのように、川《かわ》をのぞきこんでいた。すると川《かわ》の真《ま》ん中《なか》あたりの水《みず》が、きゅうにもりあがったかと思《おも》うと、水《みず》の中《なか》から白《しろ》い手《て》みたいなものが二本《ほん》、スーッと出《で》てきた。

それは、水《みず》の流《なが》れにおされて、ユラユラとゆれている。

(なにあれ……手《て》か?)

もっとよく見《み》ようと、亭《とおる》が欄干《らんかん》から身《み》をのりだしたとたんに、目《め》がさめた。

亭《とおる》の家《いえ》は、どこへ行《い》くにも、この橋《はし》をとおる。

だから一日《にち》に何回《なんかい》も、橋《はし》をわたることになる。

そしてわたるたびに、亭《とおる》は橋《はし》の欄干《らんかん》から、水《みず》がながれていくのをながめた。わけもなく。

橋《はし》の上流側《じょうりゅうがわ》からツバをはいて、いそいで逆側《ぎゃくがわ》へ走《はし》って、ツバがどうなったかを見《み》る。

橋《はし》の上《うえ》から川《かわ》へ石《いし》をけったり、友《とも》だちと石《いし》を投《な》げて、どこまでとぶか競争《きょうそう》したりもする。

でもいま、川《かわ》を見《み》ていても、手《て》なんか出《で》てこないし、流《なが》れもいつもとおなじだ。

亨《とおる》はきゅうに、夢《ゆめ》のことなんかどうでもよくなって、学校《がっこう》へ走《はし》った。

ところがその晩《ばん》、亨《とおる》はまた、おなじ夢《ゆめ》を見《み》た。

月《つき》が川《かわ》の水《みず》にうつっている。その流《なが》れの上《うえ》で、月《つき》はのびたり、ゆがんだりしていた。

すると、川《かわ》の真《ま》ん中《なか》の水《みず》が、きゅうにブワーッともりあがって、水《みず》の

中《なか》から白《しろ》い手《て》が二本《ほん》、ひじのところまで出《で》てきた。流《なが》れの中《なか》でゆれている手《て》は、まるで亨《とおる》に、おいでおいでをしているように思《おも》えた。亨《とおる》は思《おも》わず、

「ああ」

と、ため息《いき》にも、悲鳴《ひめい》にも聞《き》こえるような声《こえ》をあげた。そして、その声《こえ》で目《め》がさめた。

(なんで二日《ふつか》も、おんなじ夢見《ゆめみ》るんだろう)

いくら考《かんが》えても、思《おも》いあたることがない。

翌日《よくじつ》、亨《とおる》は、学校《がっこう》からの帰《かえ》り道《みち》、クラスの令《れい》に、夢《ゆめ》の話《はなし》をしてみた。

令《れい》は、

「へえー。二日《ふつか》つづけておんなじ夢《ゆめ》かあ。なんか、わけあるのかな。川《かわ》にいる妖怪《ようかい》が、亨《とおる》にとりついたとかさ、川《かわ》の神様《かみさま》にのろわれているとか……なんちゃって」

「こんな町《まち》の中《なか》の川《かわ》に、いまどき妖怪《ようかい》とか、川《かわ》の神様《かみさま》なんているかよ」

「だけど、河童《かっぱ》はいるかもしんねえぞ」

「むかし話《ばなし》じゃないや。それに河童《かっぱ》の手《て》って、緑色《みどりいろ》だろ。夢《ゆめ》の中《なか》の手《て》、白《しろ》いもん」

「でもさ、朝方《あさがた》見《み》る夢《ゆめ》は正夢《まさゆめ》っていって、ほんとにあることだってよ。

ちょっと川《かわ》へおりていって、なにかいるか、見《み》てみようや」

令《れい》にいわれて、亭《とおる》はカバンを家《いえ》におくと、橋《はし》の上《うえ》で令《れい》とおちあった。

川《かわ》の両《りょう》はしは、石垣《いしがき》になっている。

ふたりは、その石垣《いしがき》に、ななめについている、細《ほそ》い石段《いしだん》をおりていった。川岸《かわぎし》には、人《ひと》ひとりがやっととおれる、せまいコンクリートの道《みち》が、川《かわ》にそってつづいていた。

ふたりはそこから、流《なが》れに目《め》をこらしたが、なにもかわったことはない。

橋《はし》の真下《ました》に入《はい》ってみると、コンクリートの太《ふと》い橋《はし》げたが、二本立《ほんた》っている。その橋《はし》げたに、丸太《まるた》や、お花見《はなみ》にしくようなビニールシートや、草《くさ》、ペットボトルなど、いろんなものがかさなりあって、つっかかっていた。

それらの上《うえ》を、水《みず》がザァザァながれていく。

そのときだ。ふたりの足《あし》もとで、プワプワと流《なが》れにゆれていたビニールシートが、スーッと、水《みず》にながされていった。すると下《した》に、グレーのTシャツ《ティー》と、紺色《こんいろ》のスボンがういている。

じっと見《み》ていた令《れい》が、いきなり、

「人《ひと》だっ！」

といったかと思《おも》うと、

「わあああーっ」

さけびながら、石段《いしだん》をかけあがっていく。
一瞬《いっしゅん》だけど、亨《とおる》も見《み》た。うつぶせの体《からだ》と、ズボンの片方《かたほう》からのぞく白《しろ》い足《あし》を。
家《いえ》まで走《はし》った。夢中《むちゅう》だった。川《かわ》の中《なか》の人《ひと》が立《た》ちあがって、おいかけてくる気《き》がして。

まもなく、橋《はし》のあたりは警察《けいさつ》の人《ひと》によってブルーシートがはられ、通《つう》行止《こうど》めになった。

母《かあ》さんが聞《き》いてきた話《はなし》では、あの大雨《おおあめ》の日《ひ》、上流《じょうりゅう》で釣《つ》りをしていた男《おとこ》の人《ひと》が、川《かわ》にながされて、行方不明《ゆくえふめい》になったそうだ。母《かあ》さんは、

「きゅうに水《みず》がふえて、ながされたのね。十五キロもよ。警察《けいさつ》や消防《しょうぼう》の人《ひと》が、ずっとさがしてたんですって」

「だけど、どうしてぼくの夢《ゆめ》なんかに？」

亨《とおる》が聞《き》くと、母《かあ》さんはいった。

「そうねえ……たぶん、水《みず》の中《なか》にいて、だれも見《み》つけてくれないでしょ。

いつも川《かわ》を見《み》てる亨《とおる》に、たのんだのよ。『ここにいるから、はやく見《み》つけてくれ』って。心配《しんぱい》していた家族《かぞく》の人《ひと》も、亡《な》くなった人《ひと》も、亨《とおる》に見《み》つけてもらって、きっと感謝《かんしゃ》していると思《おも》うよ」

休《やす》み時間《じかん》

いろいろな夢《ゆめ》 その2

幽《ゆう》麗《れい》華《か》の楽《たの》しい夢《ゆめ》・きらいな夢《ゆめ》

楽《たの》しい夢《ゆめ》

悲鳴《ひめい》をあげてにげる人間《にんげん》をおいかける夢《ゆめ》

きらいな夢《ゆめ》

幽霊《ゆうれい》を見《み》てうれしそうに近《ちか》よってくる人間《にんげん》の夢《ゆめ》

3時《じ》間《かん》目《め》

主人思《しゅじんおも》いのネコ

時海結以《ときうみゆい》

江戸時代《えどじだい》のこと。
いまの大阪《おおさか》に、河内屋《かわちや》という店《みせ》があった。
河内屋《かわちや》の娘《むすめ》が赤《あか》ちゃんのとき、白黒《しろくろ》のぶちもようのわかいネコが店《みせ》にまよいこんできた。ブチと名前《なまえ》がつき、ネズミをよくとるネコだったので、店《みせ》でかわれることになった。
大《おお》きくなった娘《むすめ》もブチをかわいがり、ブチも娘《むすめ》がよべば、どこにいてもすぐにやってくる。

やがて、十八になった娘《むすめ》が、むこ様《さま》をもらって結婚《けっこん》することになった。ところが、用意《ようい》した花嫁《はなよめ》いしょうを、ブチがつめでひきさいて、だめにしてしまった。

「どうして、こんな悪《わる》いことをするの！」

娘《むすめ》がしかると、ブチはどこかへかくれてしまった。

その晩《ばん》、娘《むすめ》の夢《ゆめ》にブチがあらわれ、人《ひと》の言葉《ことば》で話《はな》しはじめた。

「じつは、この店《みせ》にはネズミの化《ば》け物《もの》がとりついています。そいつがお嬢様《じょうさま》を好《す》きになり、むこ様《さま》にとってかわろう、結婚式《けっこんしき》の夜《よる》にむこ様《さま》を殺《ころ》

して、その体《からだ》にのりうつろうと、おそろしいことを考《かんが》えています。

わたしは、いしょうをひきさいてでも、結《けっ》婚式《こんしき》を先《さき》にのばして、お嬢様《じょうさま》をまもりたかっただけなのです。

わたし一ぴきでネズミの化《ば》け物《もの》に立《た》ちむかっても、勝《か》てません。でも、市兵衛《いちべえ》という人《ひと》がかっているとらネコは、わたしを助《たす》けてたたかってくれるでしょう。二ひきなら勝《か》てます。

どうか、とらネコをここにつれてきてください。おねがいします」

朝《あさ》になって、娘《むすめ》が父《ちち》と母《はは》にブチの夢《ゆめ》のことを話《はな》すと、おなじ夢《ゆめ》を見《み》たとこたえた。

「どうせ、ただの夢《ゆめ》だよ」

と父《ちち》がいうので、娘《むすめ》はほうっておいたが、毎晩《まいばん》、家族《かぞく》そろっておなじ夢《ゆめ》を見《み》る。

どうしても夢《ゆめ》が気《き》になった娘《むすめ》は、ブチの教《おし》えた家《いえ》へ行《い》ってみた。するとほんとうに市兵衛《いちべえ》という人《ひと》が、大《おお》きなとらネコをかっていた。

ブチのいうことは、うそではない、しんじなければ、と娘《むすめ》は思《おも》った。

「わたしに、そのネコをかしてください」

「うちのトラを？　どうして？」

娘《むすめ》は夢《ゆめ》の話《はなし》をしたが、

「まさか。いくら夢《ゆめ》でも、化《ば》け物退治《ものたいじ》とか、あなたをまもりたいとか、ネコが話《はな》すなんて。それにトラは、ふつうのネコですよ」

と、市兵衛《いちべえ》もしんじない。

けれどトラが、はじめて会《あ》ったはずの娘《むすめ》にまとわりついて、はなれないので、

「じゃあ、つれてってみてください」

と、かりることができた。

店《みせ》にもどり、トラが「にゃあ」となくと、どこからかブチがやってきて、二ひきで話《はな》しあうみたいになきかわす。まるで、人間《にんげん》の友《とも》だちとおなじようすだ。

その夜《よる》、また娘《むすめ》の夢《ゆめ》にブチがあらわれた。

「二ひきで話《はな》しあって、あしたの夜《よる》、ネズミ退治《たいじ》をすることにしました。

あした、日《ひ》がくれたら、わたしたちを二階《かい》にあげ、みな様《さま》は一階《かい》の部屋《へや》にかくれて、

しずかになるまで、ぜったいに出《で》ないでください」

娘《むすめ》は、

「約束《やくそく》するわ」

とこたえた。


日《ひ》がくれて、うすぐらくなってきた。

「ほんとうにネズミ退治《たいじ》なんて、するのか」

まだうたがっている父《ちち》に、娘《むすめ》はうなずき、

「わたしはブチをしんじます。ブチ、気《き》をつけるのよ。トラ、おねがいね」

と二ひきを二階《かい》においた。ブチは、娘《むすめ》を見《み》つめ、「にゃあ」とないた。

家族《かぞく》と店《みせ》のものたちは、一階《かい》の物置部屋《ものおきべや》にあつまり、しっかりと戸《と》をしめた。

すると、とたんに二階《かい》で、ものすごいさわぎがまきおこった。

どすん、どすん、と一階《かい》の天井《てんじょう》がなりひびき、

「ぎゃーっ、にゃーっ」

「ちゅちゅちゅちゅーっ」

と、ネコとネズミのさけび声《ごえ》がする。そのうち、店《みせ》ぜんたいがぐらぐらとゆれだし、ものすごいさけび声《ごえ》と、どしん、ばたん、どさん、という重《おも》たい音《おと》が、ずっとつづいた。

真夜中《まよなか》すぎになって、ようやくしずかになったので、おそるおそるみんなで二階《かい》へのぼってみると……。

ネコよりもずっと大《おお》きな、イヌくらいもあるネズミののどに、傷《きず》ついて血《ち》まみれのブチがかみついて、そろって床《ゆか》にたおれていた。

「ブチ！　しっかりして！」

娘《むすめ》がブチをだきあげたけれど、もう、息《いき》たえていた。

「ブチ、命《いのち》をかけて、まもってくれたのね……」

そばにはトラもたおれている。

「ああっ、トラまで……!」

娘《むすめ》は泣《な》きながら、トラもだきあげた。すると、トラが「にゃ……」と返事《へんじ》をした。

トラもけがをしたけれど、生《い》きていたのだ。

「なんて、ブチは主人思《しゅじんおも》いのネコだ」

と、父《ちち》がつぶやき、河内屋《かわちや》ではブチのために、りっぱなお墓《はか》を作《つく》った。

娘《むすめ》は予定《よてい》どおりに結婚《けっこん》して、しあわせにくらした。

三人《にん》でおなじ夢《ゆめ》

望月正子《もちづきまさこ》

父《ちち》に赤紙《あかがみ》がきて広島《ひろしま》の連隊《れんたい》に入《はい》ることになったのは、昭和《しょうわ》二十年《ねん》の七月《がつ》の終《お》わりでした。

父《ちち》は、ふだんは戦地《せんち》には行《い》かないでふつうに仕事《しごと》をし、いざというときに入隊《にゅうたい》しなくてはならない予備役《よびえき》の在郷軍人《ざいごうぐんじん》だったのです。

わたしの家《いえ》は、広島県《ひろしまけん》でも、東《ひがし》の岡山県《おかやまけん》に近《ちか》い山里《やまざと》で、農業《のうぎょう》をしていました。わたしはまだ十二歳《さい》でよくわかりませんでしたが、日本《にほん》は国外《こくがい》でのたたかいにやぶれ、そのころは本土《ほんど》の都市《とし》や町《まち》にも毎日《まいにち》のように空《くう》襲《しゅう》があってやきはらわれ、たいへんだったようです。もう日本中《にほんじゅう》で、在《ざい》郷軍人《ごうぐんじん》どころか、中学生《ちゅうがくせい》の男子《だんし》も女子《じょし》も動員《どういん》されて、軍《ぐん》の工場《こうじょう》や、建物《たてもの》疎開《そかい》の現場《げんば》ではたらいていたそうです。建物疎開《たてものそかい》というのは、広場《ひろば》や道《みち》を広《ひろ》くするため、国《くに》の命令《めいれい》で建物《たてもの》を強制的《きょうせいてき》にこわすことです。

わたしの一番上《いちばんうえ》の兄《あに》も、広島市内《ひろしましない》へ動員《どういん》されていました。八月二日《がつふつか》の夕方《ゆうがた》、父《ちち》はおなじ村《むら》の六人《にん》とともに出発《しゅっぱつ》し、三日《みっか》に広島《ひろしま》の部隊《ぶたい》に入隊《にゅうたい》しました。

のこされたのは祖母《そぼ》と母《はは》、そしてすぐ上《うえ》の兄《あに》と末《すえ》っ子《こ》のわたしの四人《にん》でした。父《ちち》がいると、戦争《せんそう》や世《よ》の中《なか》がどうなっているかもいくらかわか

るのですけど、山里《やまざと》の女子《おんなこ》どもだけの家《いえ》では、なにもわかりません。
それからいくらもしないある晩《ばん》のことです。雨《あめ》がじくじくふっていてむしあつく、わたしはねむれませんでした。とうにねている時間《じかん》なのに、胸《むね》がこう、いやにざわざわして……。
となりで祖母《そぼ》は、うずくまるように丸《まる》くなってねています。わたしはねがえりをうってふと外《そと》を見《み》ると、下《した》の道《みち》から、父《ちち》が自転車《じてんしゃ》をこいでこっちにやってくるのが見《み》えました。

「あっ！　お父《とう》ちゃんが帰《かえ》ってきた？」

と、蚊帳《かや》をあけて出《で》ようとしたら、父《ちち》は、家《いえ》には入《はい》らずとおりぬけてしまったのです。あれっと思《おも》ったら目《め》がさめました。

（ああ、夢《ゆめ》だったのか）

と思《おも》ってねると、またおなじ夢《ゆめ》を見《み》るのです。父《ちち》は、自転車《じてんしゃ》をぐいぐいこいで、ようやく家《いえ》への坂道《さかみち》をあがったのに、家《いえ》には入《はい》らず、すーっと前《まえ》をとおりぬけて……。

そうして、夜《よ》あけ前《まえ》だと思《おも》うんです。

「もどったで」

もどったで

って、父《ちち》が玄関《げんかん》に立《た》っていました。

「こんどはほんとうだ！　やっともどったんじゃ」

という自分《じぶん》の声《こえ》で目《め》がさめました。でも、やっぱりそれも夢《ゆめ》だったんです。

目《め》がさめて、へんな話《はなし》だと思《おも》いましたよ。父《ちち》はまだ出征《しゅっせい》したばかりだったし、いくら明《あ》け方《がた》で縁側《えんがわ》の戸《と》があけっぱなしでも、庭《にわ》のむこうには生《い》け垣《がき》があって、外《そと》の道《みち》をあがってくる人《ひと》が、ねていて見《み》えるはずがないんです。

それで、朝《あさ》ごはんを食《た》べながら、

「お父《とう》ちゃんが玄関《げんかん》に立《た》っていたんよ。でもへんなんじゃ」

と夢《ゆめ》の話《はなし》をしたら、兄《あに》も、

「おっ、おれも見《み》たぞ、父《とう》ちゃん、自転車《じてんしゃ》こいで、ひぐいぐいあがってきたくせに、よう入《はい》らんで、ひと晩中《ばんじゅう》うろうろしとったんじゃ」

というんです。そうしたら母《はは》もおどろきましてね。

「あれ、わたしもそっくりおなじ夢《ゆめ》を見《み》たんよ。今朝《けさ》になって玄関《げんかん》に立《た》ち、なんもいわんで、にこにこしとるんよ。三人《にん》でおなじ夢《ゆめ》を見《み》るなんて、ほんとうにお父《とう》さん、帰《かえ》ってくるんじゃろか」

というのですが、祖母《そぼ》だけはぶすっとしていまし

広《ひろ》島《しま》に新《しん》型《がた》爆《ばく》弾《だん》が

た。みんながおなじ夢《ゆめ》を見《み》たのに、祖母《そぼ》だけ父《ちち》に会《あ》えなかったので、すねているんだと、そのときは思《おも》っていました。

　でも、その二日後《ふつかご》でしたよ。広島《ひろしま》で仕事《しごと》をしていた上《うえ》の兄《あに》がもどってきました。まあその姿《すがた》のおそろしいこと。服《ふく》はぼろぼろ、帽子《ぼうし》もぼろぼろ、靴《くつ》もせおっていた袋《ふくろ》もずたずたで、顔《かお》も手《て》もすすをぬりたくったようでした。

「お母《かあ》さん、たいへんじゃ！　広島《ひろしま》に新型《しんがた》

爆弾《ばくだん》がおちて、大《おお》ごとになっちょる。お父《とう》さんはどこにおるんか」

というんです。

「どこて、広島《ひろしま》の連隊《れんたい》に入《はい》っとるじゃろが」

「そりゃあ大《おお》ごとじゃ。広島《ひろしま》は丸《まる》つぶれで、中心部《ちゅうしんぶ》にゃ生《い》きとる人《ひと》はおらんいうけ。わしはちょうど炊事当番《すいじとうばん》で、朝《あさ》の点呼《てんこ》にも出《で》んと炊事場《すいじば》におったから助《たす》かったんじゃ。建物《たてもの》がたおれ、がれきの下《した》から屋根《やね》をやぶって出《だ》してもろうたら、もうまわりは火《ひ》の海《うみ》で、どうにもならん。命《いのち》からがらにげてきたんじゃ」

それから、村《むら》の衆《しゅう》が、広島《ひろしま》へ行《い》ったものをさがさねばならんと相談《そうだん》し、のこっていた男《おとこ》たちが出《で》かけていったんです。でもだめでした。

八月六日《がつむいか》、父《ちち》の部隊《ぶたい》は、原子爆弾《げんしばくだん》のおちた場所《ばしょ》から八百メートルほどのところで、建物疎開《たてものそかい》のために建物《たてもの》を解体《かいたい》していてやられたようです。あたりはあとかたもなくもえつきて、生《い》きている人《ひと》はほとんどいなかったそうです。村《むら》からいっしょに出征《しゅっせい》した六人《にん》も、全員《ぜんいん》やられました。

建物疎開《たてものそかい》は、空襲《くうしゅう》のとき延焼《えんしょう》をふせぐための防火帯作《ぼうかたいづく》りだそうでしたが、原爆《げんばく》に防火帯《ぼうかたい》はなんの役《やく》にも立《た》たなかったのです。そのために多《おお》くの中学生《ちゅうがくせい》が動員《どういん》され、何千人《なんにん》も死《し》んだそうですよ。

後《のち》に役場《やくば》からわたされた骨箱《こつばこ》には、ひとにぎりの砂《すな》と、父《ちち》の名前《なまえ》が書《か》かれた紙《かみ》が一まい入《はい》っていただけでした。

わたしら三人《にん》が父《ちち》の夢《ゆめ》を見《み》たあの日《ひ》、祖母《そぼ》がぶすっとしたのは、息子《むすこ》が家族《かぞく》に死《し》をしらせにきたと、わかっていたからでしょうね。

「お父《とう》さん、よほど家《いえ》に帰《かえ》りたかったんじゃろう」

と、わたしらはいまでも話《はな》しています。

休《やす》み時間《じかん》

いろいろな夢《ゆめ》 その3

最高《さいこう》にいい夢《ゆめ》

人間《にんげん》の世界《せかい》

一フジ、二タカ、三ナスビ

妖《よう》怪《かい》の世《せ》界《かい》
一ハゲ、二カラス、三キュウリ
カラス
キュウリ
ハゲ
これはいい夢《ゆめ》？

4時間目《じかんめ》

起《お》きちゃう

大島清昭《おおしまきよあき》

蛍子《けいこ》は転職《てんしょく》をきっかけに、新《あたら》しいマンションにひっこした。駅《えき》からはすこし遠《とお》いけれど、洋室《ようしつ》と和室《わしつ》の二部屋《ふたへや》があって、ひとりぐらしには十分《じゅうぶん》すぎるくらい広《ひろ》い。それに日当《ひあ》たりも良好《りょうこう》だし、しんじられないくらい家賃《やちん》が安《やす》い。

「ホントほりだし物《もの》の物件《ぶっけん》だったなぁ」

蛍子《けいこ》は新《あたら》しい部屋《へや》に満足《まんぞく》していた。

ひっこしてから一か月《げつ》くらいがすぎたある夜《よる》のことだ。
蛍子《けいこ》がいつものように和室《わしつ》のふとんでねむっていると、すぐ近《ちか》くで人《ひと》の声《こえ》が聞《き》こえた。
(ん？　なに？)
ぼんやりした意識《いしき》の中《なか》、ねがえりをうとうとしたのだが、体《からだ》がまったくうごかない。
(これって金《かな》しばり？)
わずかに目《め》をあけると、体《からだ》の上《うえ》でおさない男《おとこ》の子《こ》がとびはねている。
蛍子《けいこ》のかけているふとんをトランポリンがわりにして、ぴょんぴょんは

ねて遊《あそ》んでいるのだ。

（え？　え？　どういうこと？）

最初《さいしょ》は夢《ゆめ》を見《み》ているのかと思《おも》ったが、どうもそうではないようだ。

しらない男《おとこ》の子《こ》だ。かなり高《たか》くジャンプしているのに、まるでその重《おも》さや衝撃《しょうげき》がつたわってこない。男《おとこ》の子《こ》の体《からだ》が半透明《はんとうめい》なところを見《み》ると、どうやら幽霊《ゆうれい》らしい。

はじめての経験《けいけん》に、蛍子《けいこ》はおどろきと恐怖《きょうふ》で、パニックになりそうだった。

(どうしよう！　どうしよう！　っていうか、アタシどうなるの？)

不安《ふあん》はつのるのだが、あいかわらず体《からだ》をうごかすことはできない。

しかし、男《おとこ》の子《こ》の幽霊《ゆうれい》を見《み》ていると、そのしぐさや笑《わら》い声《ごえ》がかわいらしいので、じょじょに恐怖感《きょうふかん》はなくなっていった。男《おとこ》の子《こ》はたんに遊《あそ》びたいだけで、こちらに危害《きがい》をくわえるつもりはないらしい。

(なんだか楽《たの》しそう)

男《おとこ》の子《こ》が笑《わら》いながらとびはねつづけていると、すぐそばから、

「お姉《ねえ》ちゃんが起《お》きちゃうからやめなさい」

という女《おんな》の声《こえ》がした。

目《め》だけうごかしてそちらを見《み》ると、近《ちか》くにわかい女《おんな》がすわっている。

どうやら男《おとこ》の子《こ》の母親《ははおや》のようだ。青白《あおじろ》い顔《かお》で、おどおどしている。こちらもうしろのかべがうっすらとすけて見《み》えた。

母親《ははおや》の幽霊《ゆうれい》は、まだ蛍子《けいこ》が目《め》をさましたことに気《き》づいていないらしい。

そこでうす目《め》をあけてようすをうかがいつつ、ねたふりをした。

男《おとこ》の子《こ》は母親《ははおや》の注意《ちゅうい》をむしして、満面《まんめん》の笑《え》みでぴょんぴょんぴょーん

とびはねる。

「お姉《ねえ》ちゃんが起《お》きちゃうからやめなさい」

ぴょんぴょんぴょーん
「お姉《ねえ》ちゃんが起《お》きちゃうからやめなさい」

ぴょんぴょんぴょーん
ふいに母親《ははおや》は立《た》ちあがると、

「やめなさいっていってるでしょ！」

とどなって、男《おとこ》の子《こ》のほおを平手打《ひらてう》ちする。

パンッと風船《ふうせん》がわれるみたいな音《おと》がした。

「お姉《ねえ》ちゃんが起《お》きちゃうじゃない！」

先《さき》ほどまでのおどおどとした表情《ひょうじょう》とはちがって、母親《ははおや》は鬼《おに》のようなおそろしい顔《かお》だ。

男《おとこ》の子《こ》が「え〜ん！」と泣《な》きだした瞬間《しゅんかん》、母親《ははおや》も男《おとこ》の子《こ》もきえて、金《かな》しばりもとけた。

しかし、母親《ははおや》の幽霊《ゆうれい》のどなり声《ごえ》とひょう変《へん》ぶりにすっかり目《め》がさめてしまい、蛍子《けいこ》はそれから朝《あさ》までねむれなかった。

パジャマの子《こ》ども

岡野久美子《おかのくみこ》

会社員《かいしゃいん》の明《あきら》さんには、おさない息子《むすこ》の智也《ともや》くんがいます。あるとき智《とも》也《や》くんが水《みず》ぼうそうにかかり、お腹《なか》に発疹《ほっしん》ができました。

「いたくてかゆいよ」

「お薬《くすり》ぬってあげるから、がまんして」

智也《ともや》くんが一日中《いちにちじゅう》かゆがるので、明《あきら》さんと奥《おく》さんの広美《ひろみ》さんは夜《よる》もねられません。

やがて赤《あか》い発疹《ほっしん》は、茶色《ちゃいろ》くなってぽろりととれ、水《みず》ぼうそうはなおりました。

（ふうー、これでやっとねむれる）

そう思《おも》ったのもつかのま、今度《こんど》は明《あきら》さんに異変《いへん》がおこりました。

「頭《あたま》がいたい……。ここのところ、ずっと寝不足《ねぶそく》だったから……。今日《きょう》は会社《かいしゃ》を休《やす》むよ」

ところがひどい頭痛《ずつう》にくわえ、高《たか》い熱《ねつ》まで出《で》てきて、明《あきら》さんは救急車《きゅうきゅうしゃ》で病院《びょういん》に運《はこ》ばれました。

お医者《いしゃ》さんがたずねました。

「お子《こ》さんが水《みず》ぼうそうだったということですが、かかったことがありますか？」

「えっ？　そういえば、記憶《きおく》にないです」

「大人《おとな》は重《おも》くなりやすいんです。入院《にゅういん》してください」

明《あきら》さんはすぐに隔離病棟《かくりびょうとう》にうつされ、点滴《てんてき》がはじまりました。しかし頭痛《ずつう》と高熱《こうねつ》はおさまることはなく、発疹《ほっしん》が体中《からだじゅう》はおろか、口《くち》の中《なか》、まぶたの中《なか》まで、出《で》てきました。たえまなく、はげしい痛《いた》みとかゆみがおそってきます。何日間《なんにちかん》も明《あきら》さんは点滴《てんてき》をされ、ベッドに横《よこ》たわっていました。

そんなある日《ひ》、

「おじちゃん！」

おじちゃん

ドアから、見《み》たこともない子《こ》どもたちが、何人《なんにん》もばらばらと入《はい》ってきたのです。

「おじちゃん」

子《こ》どもたちがベッドのまわりをとりかこみます。明《あきら》さんはあせっていました。

「おじちゃんの病気《びょうき》はみんなにうつるんだよ。こんなところにきちゃだめだよ」

「へいきだよ」

子《こ》どもたちは、みんなパジャマ姿《すがた》、病院《びょういん》に入院《にゅういん》している子《こ》たちにちがいありません。そして口《くち》ぐちに、

「おじちゃん、あっちへ行《い》こうよ」

「ねえ、行《い》こうよ」

と、しきりに明《あきら》さんをさそうのです。

「だめだよ」

明《あきら》さんがことわっても、子《こ》どもたちはねている明《あきら》さんの体《からだ》をゆりうごかします。

「行《い》こうよ」

「ぼくたちといっしょに行《い》こうよ」

子《こ》どもたちはだんだんと調子《ちょうし》にのり、明《あきら》さんの手足《てあし》をぎゅっとつかみ、ひっぱっておこそうとしました。そのあまりの強《つよ》さに、思《おも》わず声《こえ》が出《で》てしまいました。

「いたい！」

ところが、子《こ》どもたちは手《て》をはなそうとはせず、ひっぱりつづけるのです。とうとう明《あきら》さんは声《こえ》をふりしぼり、強《つよ》い口調《くちょう》でいいました。

「やめなさい！　点滴《てんてき》をしてるから、うごけないいんだ！　君《きみ》たちとはいっしょに行《い》けないよ！」

「えー、ざんねんだなあ……」

ようやくあきらめた子《こ》どもたちは、しぶしぶ部屋《へや》から出《で》ていきました。

(やっと出《で》ていった)

ほっとしたとたん、明《あきら》さんはなにもわからなくなりました。

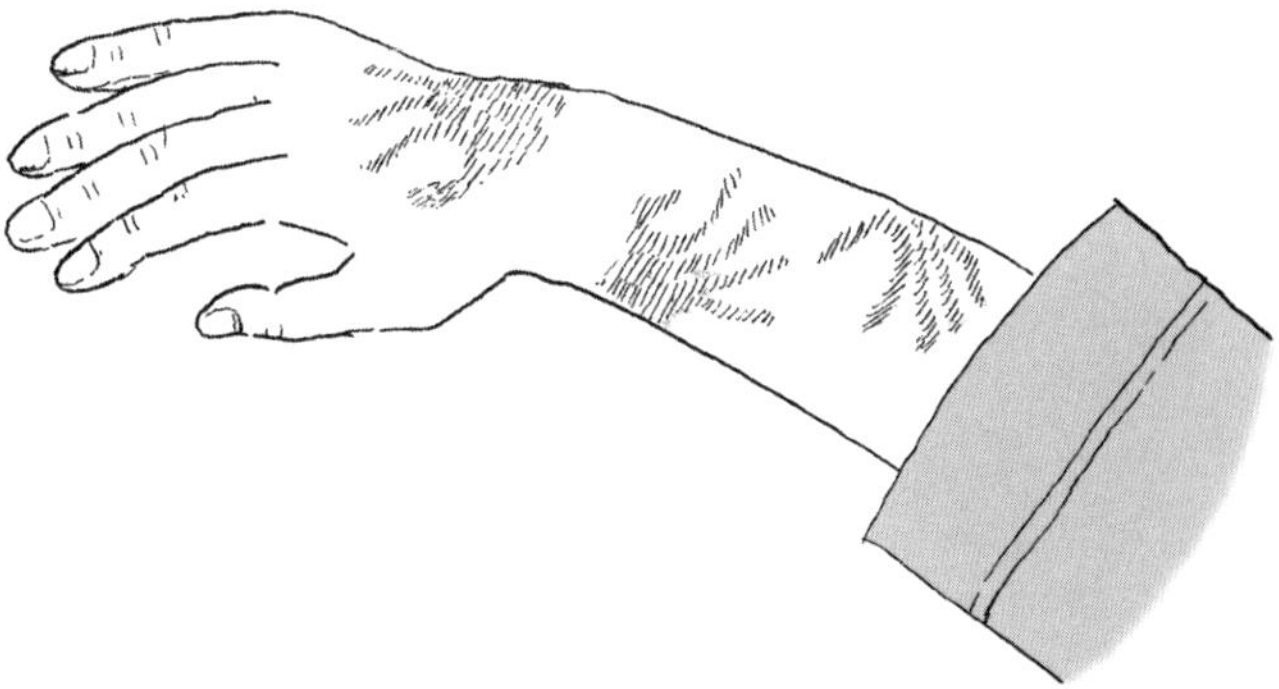

気《き》がつくと、心配《しんぱい》そうに見《み》つめる広美《ひろみ》さんの顔《かお》が、目《め》の前《まえ》にありました。

「熱《ねっ》が高《たか》くて、ずっと目《め》をさまさなかったのよ。うわごとで『行《い》けない』とか、『うごけない』とかいってたけど」

(ああ……、あれは夢《ゆめ》だったのか……)

お医者《いしゃ》さんが病室《びょうしつ》に入《はい》ってきました。

「気《き》がつきましたね。では、診察《しんさつ》させてください。えっ？　これはなんだろう？」

手足《てあし》には、小《ちい》さな手《て》の形《かたち》をしたあざが、

いくつもあったのです。明《あきら》さんはぞっとしました。

(子《こ》どもたちにつかまれたあとだ。ただの夢《ゆめ》じゃなかったんだ……)

その日《ひ》をさかいに、明《あきら》さんはじょじょに回復《かいふく》し、やがて退院《たいいん》しました。

あざは、しばらくのこっていましたが、いまではすっかりきえました。

でもときどき、思《おも》うのです。

(あれは病院《びょういん》で亡《な》くなった子《こ》どもたちが、あの世《よ》からむかえにきていたんだろうか。いっしょに行《い》っていたら、死《し》んでいたかもしれない)

給食《きゅうしょく》のあとは…

歯《は》みがきは強《つよ》くみがきすぎないことがポイントよ！小《ちい》さくうごかして、一本《ぽん》一本《ぽん》ていねいにみがきましょう。裏側《うらがわ》はみがきのこしに注意《ちゅうい》よ！食後《しょくご》にみがくことを習慣《しゅうかん》にしなさい！

こ……こわ〜

ウオ！

口《くち》さけ女《おんな》先生《せんせい》のハブラシでかいな〜

らくちん
らくちん！

ブク
ブク
ハホフフン、フヒ、アッハンフア〜

（さとるくん、くちあったんだ）

シャカ…

給食《きゅうしょく》

一番《いちばん》すごい夢《ゆめ》

紺野愛子《こんのあいこ》

ブラジルのほこりっぽい田舎道《いなかみち》を、三人《にん》の旅人《たびびと》、ペドロとジョアンとマヌエルが歩《ある》いていた。

「ああ、腹《はら》がへった〜」

とマヌエルがなさけない声《こえ》を出《だ》した。

「それにこのあつさ！　まいるよなあ」

とジョアン。

ペドロはふたりに水《みず》の入《はい》った革袋《かわぶくろ》をさしだした。

「まあ、水《みず》でものんでがまんしろよ。とまるところが見《み》つからないと、今夜《こんや》も野宿《のじゅく》だぜ」

三人《にん》はひーこらいいながら歩《ある》きつづけた。そして日《ひ》もとっぷりとくれたとき、遠《とお》くにあかりが見《み》えた。

「やった！　とめてもらおう」

あかりをめざしていくと、小《ちい》さな農家《のうか》があった。その家《いえ》の戸《と》をたたくと、人《ひと》のよさそうなおじいさんが顔《かお》を出《だ》した。

「どなたかな？」

「旅《たび》のものです。今夜《こんや》の宿《やど》がなくてこまっています。どこでもいいので、

とめてもらえませんか？」

「母屋《おもや》は無理《むり》だが、うらの納屋《なや》ならかまわんよ。わらがおいてあるからあたたかいだろう」

「ありがとうございます！」

三人《にん》はお礼《れい》をいった。

三人《にん》が納屋《なや》でパンと水《みず》だけのまずしい夕食《ゆうしょく》をすませて、ねようとしていたら、あのおじいさんがひょっこり戸口《とぐち》にあらわれた。

「うちで作《つく》ったチーズだ。よかったら食《た》べ

てくれ」

おじいさんがさしだした、にぎりこぶしくらいのチーズは、オレンジ色《いろ》でしっとりしていて、とてもおいしそうだった。

ジョアンはさっそくナイフを出《だ》して、チーズを三《みっ》つにきりわけようとしたが、ペドロがそれをさえぎった。

「ただわけるんじゃつまらないと思《おも》わないか？　かけをしようぜ」

「えーっ！　いま食《た》べようよ！」

とマヌエル。

「まあ、話《はなし》を聞《き》いてみようぜ」

とジョアン。

「今晩一番《こんばんいちばん》すごい夢《ゆめ》を見《み》たものがチーズを食《た》べるってのはどうだ？」

ペドロの言葉《ことば》にジョアンが笑《わら》った。

「そりゃいいや。あしたの朝《あさ》のお楽《たの》しみにしようぜ」

チーズを棚《たな》にのせて、三人《にん》はわらにもぐってねむりについた。


翌朝《よくあさ》、三人《にん》は目《め》をさました。

「いやあ、すばらしい夢《ゆめ》を見《み》たよ！」

髪《かみ》の毛《け》にわらをつけたまま、ペドロがこうふんしていった。

「天国《てんごく》に行《い》った夢《ゆめ》を見《み》たんだ。たくさんの聖人様《せいじんさま》がおれを出《で》むかえてくれて、羽《はね》の生《は》えた天使《てんし》たちがとりかこんで歌《うた》をうたってくれた。雲《くも》がたなびき、花《はな》がさきほこり、それはきれいな光景《こうけい》だったよ」

うっとりとするペドロに、ジョアンがぐいと顔《かお》を近《ちか》づけた。

「ふん、おれの夢《ゆめ》も負《ま》けちゃいない。なんと、地獄《じごく》に行《い》った夢《ゆめ》を見《み》た。悪魔《あくま》がゴウゴウもえる火《ひ》で人《ひと》びとをせめたてていて、硫黄《いおう》のにおいがぷんぷんして、ほんとうにおそろしかったなあ！」

ジョアンはおそろしさに身《み》ぶるいした。

ふとペドロが棚《たな》を見《み》あげてさけんだ。

「あれ、チーズがなくなってる！」
するとマヌエルがにこにこしながらいった。
「ぼくが食《た》べたんだよ。夜中《よなか》に目《め》をさましたら、ペドロは天国《てんごく》に行《い》って
いて、ジョアンは地獄《じごく》に行《い》っていて、ふたりともいないじゃないか！
しばらく待《ま》ったけど帰《かえ》ってこないから、もう帰《かえ》らないと思《おも》ってチーズぜ
んぶ食べちゃった！　いやあ、おいしかったなあ」

いろいろな夢《ゆめ》 その4

初夢《はつゆめ》

人間《にんげん》の世界《せかい》

人間《にんげん》は、よい初夢《はつゆめ》を見《み》るために、七福神《しちふくじん》ののった宝舟《たからぶね》の絵《え》に「なかきよの　とおのねふりの　みなめさめ　なみのりふねの　おとのよきかな」と回文《かいぶん》を書《か》いた紙《かみ》を、枕《まくら》の下《した》にしいてねる。

いい夢《ゆめ》見《み》れますように……
宝
なかきよの とおのねふりの みなめさめ なみのりふねの おとのよきかな

妖怪《ようかい》の世界《せかい》

オウマガドキ学園《がくえん》の生徒《せいと》は、初夢《はつゆめ》で見《み》たくない先生《せんせい》がのった妖買《ようか》い船《せん》の絵《え》に「妖怪先生買《ようかいせんせいか》うよ」と回文《かいぶん》を書《か》いた紙《かみ》を、枕《まくら》の下《した》にしいてねる。これで、目覚《めざ》めはすっきり。

※回文《かいぶん》とは… 上《うえ》から読《よ》んでも下《した》から読《よ》んでも同音《どうおん》のもの。

5時間目《じかんめ》

真夜中《まよなか》の夢魔《むま》

高津美保子《たかつみほこ》

ちょっとむかし、南《みなみ》ドイツのある村《むら》での話《はなし》。

はたらきもののパン職人《しょくにん》のヨアヒムは、となり村《むら》の笑顔《えがお》のかわいい花《はな》作《づく》りの娘《むすめ》、シャルロッテと婚約《こんやく》していた。

おたがい仕事《しごと》をしながら、休《やす》みにはいっしょに町《まち》に出《で》かけたりしていて、秋《あき》には結婚《けっこん》することになっていた。

そんな春《はる》のあるとき、ヨアヒムがパン作《づく》りの修業《しゅぎょう》のためにしばらく村《むら》

をはなれることになった。

「いやよ、ふた月《つき》もはなればなれなんて……。行《い》かないで！」

「しばらくのしんぼうだよ。帰《かえ》ってきたら、そのあとすぐに結婚式《けっこんしき》じゃないか！」

と、ヨアヒムはさみしがるシャルロッテをなぐさめていた。

村《むら》をはなれてひと月《つき》ほどたったころ、ヨアヒムは真夜中《まよなか》、胸《むね》がくるしくて目《め》がさめた。

なにかが胸《むね》の上《うえ》にのっているような、上《うえ》からおさえつけられているような感《かん》じで、おきあがることもできず、もがきくるしんでいた。

体《からだ》はまるでくさりでしばりつけられたかのように身動《みうご》きもできなくて、目《め》もあけられなかった。

そんなことが何日《なんにち》もつづいた。

「おい、お前《まえ》、なんだか朝《あさ》からつかれているみたいだけど、夜《よる》、ねられないのか？」

と、ほかの町《まち》から修業《しゅぎょう》にきている仲間《なかま》のヴィルヘルムに声《こえ》をかけられた。

「じつはなあ……」

と、ヨアヒムが真夜中《まよなか》のできごとを話《はな》すと、

「それは、たぶん夢魔《むま》のしわざだな。夢魔《むま》っていうのは、ねているあいだにやってきて、体《からだ》をおさえつける悪魔《あくま》みたいなものだ。毎晩《まいばん》のようにやられたら、体《からだ》がもたないぞ」

といって、寝室《しんしつ》のドアやまどをきっちりしめて、外《そと》から入《はい》れないようにしないといけないと忠告《ちゅうこく》してくれた。

そこでヨアヒムは、その晩《ばん》ちょっとあつかったが、まどはきっちりとしめてかぎをかけカーテンをひき、ドアにも内《うち》からかぎをかけた。

ところが、その晩《ばん》も、おなじようにヨアヒムは夢魔《むま》におそわれた。

翌日《よくじつ》、それをしったヴィルヘルムは、

「よし、今日《きょう》はおれがねずの晩《ばん》をしてやるから、お前《まえ》はゆっくり休《やす》め」

といって、夜《よる》、ヨアヒムの部屋《へや》にやってきて、あちらこちらしらべまわった。そして、

「外《そと》から入《はい》ってくるとしたら、あとはこのかぎ穴《あな》しかないな」

と、外《そと》に出《で》かけるときにかけるかぎ穴《あな》のすぐ下《した》に、空《から》のタバコ缶《かん》をおいて、

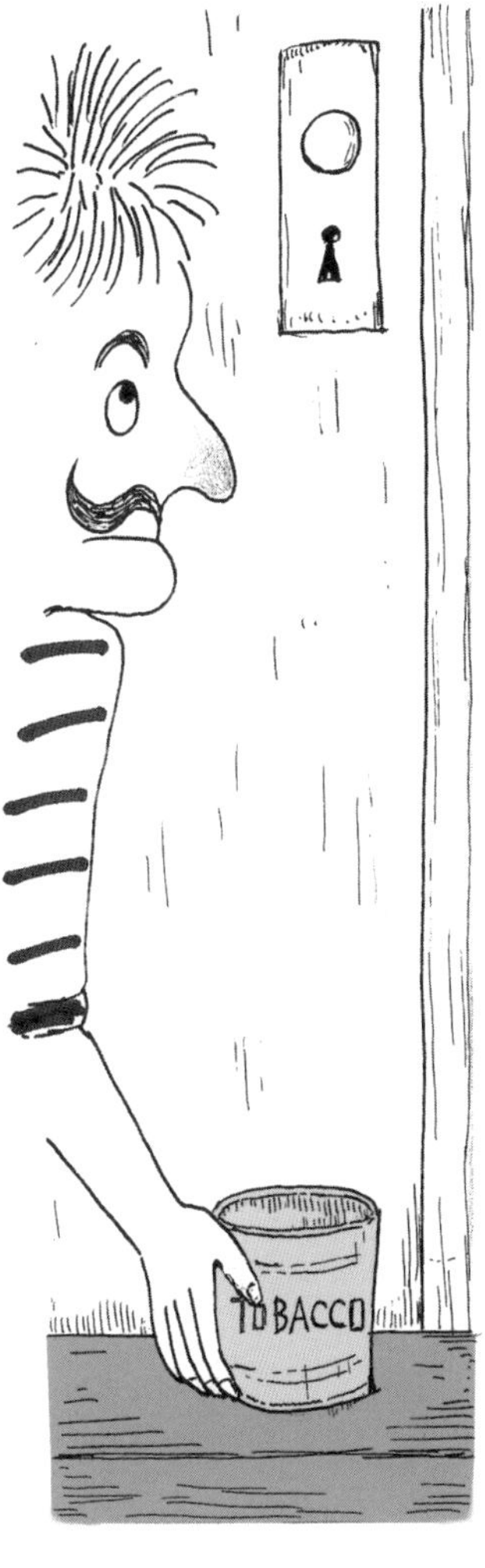

(もし、夢魔《むま》がかぎ穴《あな》から部屋《へや》に入《はい》ってきたら、このタバコ缶《かん》にとじこめてやるぞ)

と、ヴィルヘルムはかぎ穴《あな》のすぐそばで横《よこ》になっていた。

その夜《よる》、どこからともなく白《しろ》いけむりのようなものがやってきて、ヨアヒムの部屋《へや》の小《ちい》さなかぎ穴《あな》をぬけて部屋《へや》に入《はい》ったが、そのとたん、タバコ缶《かん》におちた。

そして、すぐそばに陣《じん》どっていたヴィルヘルムが、すかさず缶《かん》のふたをした。

その晩《ばん》、ヨアヒムはひさしぶりに夢魔《むま》におそわれることもなく、ゆっくりねむることができた。

ところが、翌日《よくじつ》、ヨアヒムは故郷《こきょう》から、婚約者《こんやくしゃ》のシャルロッテがとつぜん死《し》んだと連絡《れんらく》をうけた。なんでも前《まえ》の日《ひ》まではとても元気《げんき》だったのに、朝《あさ》、なかなかおきてこないので見《み》にいくと、ベッドで死《し》んでいたというのだ。

「ああ、なんてことだ！　今回《こんかい》の修業《しゅぎょう》が終《お》わって家《いえ》に帰《かえ》ったら、秋には結婚《けっこん》しようといっていたのに」

とヨアヒムは頭《あたま》をかかえこんでしまった。

二日後《ふつかご》に葬式《そうしき》だというので、ヨアヒムは修業《しゅぎょう》をきりあげて、村《むら》に帰《かえ》ることにした。

朝《あさ》、出発前《しゅっぱつまえ》に部屋《へや》をかたづけていると、床《ゆか》においたタバコ缶《かん》が目《め》につ

いて、ヨアヒムはなにげなくあけてしまった。すると、タバコ缶《かん》からなにやら白《しろ》いけむりのようなものが出《で》て、まどから外《そと》へ出《で》ていった。

そのあと、汽車《きしゃ》と馬車《ばしゃ》をのりついでヨアヒムが村《むら》に帰《かえ》ると、なんと死《し》んだはずの婚《こん》約者《やくしゃ》が生《い》きかえっていた。

シャルロッテは二日《ふつか》ほど棺桶《かんおけ》にねかされて、埋葬《まいそう》を待《ま》つばかりだったが、けさの九時《じ》ごろ、息《いき》をふきかえしたという。それは、ヨアヒムがタバコ缶《かん》のふたをあけた時間《じかん》だった。

その秋《あき》、ヨアヒムとシャルロッテは予定《よてい》どおり結婚式《けっこんしき》をあげ、しあわせな家庭《かてい》をきずいたという話《はなし》だ。


その後《ご》、夢魔《むま》はどうしたかだって？

ヨアヒムはもう二度《にど》と夢魔《むま》におそわれることはなかった。だって、毎《まい》晩《ばん》ヨアヒムのところにやってきた夢魔《むま》は、シャルロッテだったんだ。ヨアヒムが恋《こい》しくて、自分《じぶん》でもしらぬまに、毎晩《まいばん》シャルロッテの魂《たましい》は体《からだ》からぬけだして、遠《とお》い町《まち》にいるヨアヒムのところまでかよっていたんだ。

夢《ゆめ》に出《で》てきた女《おんな》と結婚《けっこん》した男《おとこ》

三倉智子《みくらさとこ》

むかし、中国《ちゅうごく》の広州《こうしゅう》に馬子《マズ》というわかものがいた。その地方《ちほう》の長官《ちょうかん》の息子《むすこ》だ。ある日《ひ》、馬子《マズ》が馬屋《うまや》でねているときに夢《ゆめ》を見《み》た。それはまことにきみょうな夢《ゆめ》だった。

会《あ》ったことも、見《み》かけたこともない美《うつく》しい娘《むすめ》がせっせつと馬子《マズ》にうったえる。その娘《むすめ》のいうふしぎな話《はなし》にちゃんと返事《へんじ》をして、しかもその会《かい》話《わ》をすべておぼえている、というみょうな夢《ゆめ》。

それはこんな夢《ゆめ》だった。

「わたくしは前《さき》の長官《ちょうかん》の娘《むすめ》でございます。口《くち》おしくも早死《はやじ》にいたしまして四年《ねん》になります。しかしながら、あちらの世界《せかい》での生《せい》死録《しろく》ではわたくしの寿命《じゅみょう》は八十歳《さい》あまりと書《か》かれておりました。手《て》ちがいで亡《な》くなってしまったようで、このたび生《い》きかえることになりました」

「生《い》きかえる？　そんなことできるんですか？」

「はい、あなた様《さま》のお力《ちから》ぞえをいただけましたなら」

「えっ、わたしの力《ちから》ぞえ？　どうして？」

「それは、生死録《せいしろく》にわたくしの結婚相手《けっこんあいて》があなた様《さま》と記載《きさい》されておりましたゆえでございます」

「ええぇ、結婚《けっこん》？　あなたと？」

「さようでございます。いかがでしょう、お力《ちから》をかしていただけますか？」

「いや、まぁ、そのう、わたしにできることがあるなら。お役《やく》に立《た》てるかどうか……」

こんな美《うつく》しい娘《むすめ》のねがいをことわれる男《おとこ》がいるだろうか。馬子《マズ》はつい承諾《しょうだく》してしまった。

娘《むすめ》は、

「ああ、よかった。では、お目《め》にかかれる日《ひ》を楽《たの》しみにしております」

といって、一方的《いっぽうてき》に約束《やくそく》の日《ひ》をつげて、きえた。

約束《やくそく》の日《ひ》、馬子《マズ》は部屋《へや》でうろうろしていた。

(幽霊《ゆうれい》が出《で》てくる？　墓《はか》につれていかれる？　いやいやたんなる夢《ゆめ》だ、そうにきまっているさ)

そのとき、寝床《ねどこ》の前《まえ》の土間《どま》に、髪《かみ》の毛《け》がちらばっているのが見《み》えた。

馬子《マズ》はめしつかいをよんで、そうじさせた。ところが髪《かみ》の毛《け》はなくならない。それどころかむしろふえてくる。

（ややや、もしかしてこれは……）

馬子《マズ》は人《ひと》ばらいした。やがて、その髪《かみ》の毛《け》は一か所《しょ》にまとまり、髪《かみ》の毛《け》をのせた頭《あたま》が土間《どま》から出《で》てきた。そして額《ひたい》が出《で》てきた。目《め》をつぶった顔《かお》が出《で》て、首《くび》から肩《かた》にかけて、やがて胴体《どうたい》、と体《からだ》ぜんたいがつづいて出《で》てくる。

「あわわわゎ」

馬子《マズ》はおどろきのあまり、しりもちをつき、手《て》を床《ゆか》についた。

目《め》の前《まえ》にあらわれた女性《じょせい》は馬子《マズ》に顔《かお》をむけると、目《め》をあけてにっこりとほほえみかけた。まさに夢《ゆめ》の中《なか》の娘《むすめ》だ。

馬子《マズ》は立《た》ちあがり、娘《むすめ》のまわりをまわってみた。どこから見《み》てもふつ

うの人間《にんげん》だ。思《おも》わず手《て》をとっていすにさそおうとした。ところが馬子《マズ》の手《て》はむなしく空《くう》をきった。

「うふふ、わたくしの体《からだ》はまだ実体《じったい》はございません。生《い》きかえってはおりませぬ」

「ではいったい、いつになったら生《い》きかえるというのです」

「それはその日《ひ》がまいりましたなら……」

それ以降《いこう》馬子《マズ》の部屋《へや》からときどき女性《じょせい》の声《こえ》が聞《き》こえた。しかし、その姿《すがた》を見《み》たものはいなかった。どうやら、生《い》きかえるための準備《じゅんび》やら方法《ほうほう》を馬子《マズ》につげていたようである。

娘《むすめ》の姿《すがた》はふたたびきえ、待《ま》ちに待《ま》ったその日《ひ》がきた。

娘《むすめ》の墓所《ぼしょ》は馬屋《うまや》から十七、八メートルほどはなれたところにあった。赤《あか》い羽根《はね》の雄《おん》鳥《どり》一羽《わ》、キビご飯《はん》をひともり、酒《さけ》一升《しょう》を墓《ぼ》前《ぜん》にそなえ、祈禱《きとう》したのち、棺《ひつぎ》をほりだした。

棺《ひつぎ》のふたをあけると、はたしてあの娘《むすめ》が横《よこ》たわっている。わずかに胸《むね》のあたりがあたたかく、かすかに息《いき》もしている。

四人《にん》の侍女《じじょ》に毎日《まいにち》の世話《せわ》をたのんだ。黒《くろ》い羊《ひつじ》の乳《ちち》を両目《りょうめ》にたらしていると、やがて

目《め》がひらき、口《くち》からかゆも食《た》べられるようになり、話《はな》せるようになった。二百日《にち》たつころにはつえをもって歩《ある》けるようになり、一年《ねん》の後《のち》には、顔《かお》色《いろ》も肌《はだ》の色《いろ》も気力《きりょく》も、すべてもとの姿《すがた》にもどった。

馬子《マズ》はこのうれしい知《し》らせを、前《さき》の長官《ちょうかん》だった娘《むすめ》の家《いえ》にとどけた。娘《むすめ》の家《いえ》は大《おお》よろこびし、上《うえ》も下《した》も、一同《いちどう》そろってやってきた。

両家《りょうけ》は吉日《きちじつ》をえらんで結納《ゆいのう》をかわし、娘《むすめ》は馬子《マズ》のもとに嫁入《よめい》りした。ふたりのあいだには息子《むすこ》ふたりと娘《むすめ》ひとりがさずかり、それぞれ天寿《てんじゅ》をまっとうすることができたそうだ。

休《やす》み時間《じかん》

いろいろな夢《ゆめ》 その5

雪《ゆき》娘《むすめ》のゆき子《こ》の楽《たの》しい夢《ゆめ》・きらいな夢《ゆめ》

楽《たの》しい夢《ゆめ》

吹雪《ふぶき》の中《なか》を、はだしでかけまわる夢《ゆめ》

きらいな夢《ゆめ》

あつい日《ひ》、みんなでアイスクリームをなめている夢《ゆめ》

6時間目《じかんめ》

入《い》れかわった兄弟《きょうだい》

久保華誉《くぼかよ》

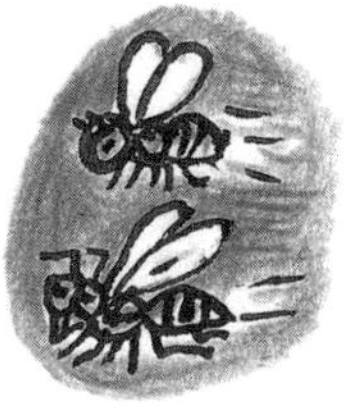

むかしむかし、新潟《にいがた》のお話《はなし》だ。ある村《むら》にしっかりものの兄《あに》とのんびりものの弟《おとうと》が住《す》んでいた。父親《ちちおや》と母親《ははおや》、そして兄《あに》のお嫁《よめ》さんといっしょに、にぎやかにくらしていたって。

そんなある日《ひ》、兄弟《きょうだい》は、近《ちか》くに住《す》む男《おとこ》といっしょに三人《にん》で山仕事《やましごと》に行《い》った。たきぎにする木《き》をあつめているうち、日《ひ》はてっぺんにのぼってきた。そろそろお腹《なか》もすいてくる昼《ひる》めしどきだ。それで兄《あに》がみなに声《こえ》を

かけて、もってきた弁当《べんとう》を食《た》べることにした。すわっていた木《こ》かげはすずしく気持《きも》ちがいい。お腹《なか》もふくれてひと休《やす》みしていると、兄《あに》も弟《おとうと》もこっくり、こっくりとうたたねをはじめた。
見《み》ていた男《おとこ》は、ふたりともつかれただろうからと、しばらくおこさないようにそっとしておいた。そばにすわっていると、兄《あに》の鼻《はな》からなにやらモコモコとはいでてきた。なんと一ぴきのアブだ。兄《あに》はすっかりね

いったままで、おきる気配《けはい》もない。アブはぶーんと外《そと》にとびだすと、近《ちか》くの草《くさ》むらにとまった。

すると、おなじように弟《おとうと》の鼻《はな》の穴《あな》からモザモザと、今度《こんど》はハチが一ぴきとびだしてきた。ハチは、草《くさ》むらのアブをおいかけるようにまっすぐにとんでいった。

ところが、おいかけられたアブはおこったのか、ハチとブンブンとびあいながらケンカをはじめた。アブとハチは上《うえ》になり下《した》

になりしている。
男《おとこ》は、おかしなこともあるものだ、それでも、ふたりともあいかわらずよくねているな、とながめていた。
するときゅうに、ハチがこちらのほうへブーンととんでにげてきた。すぐにアブもハチをおいかけてとんでくる。ハチは、あんまりあわてたのだろう、もどる鼻《はな》の穴《あな》をまちがえてしまった。弟《おとうと》の鼻《はな》から出《で》てきたハチは、今度《こんど》はスポンと兄《あに》の鼻《はな》に入《はい》ってしまった。一方《いっぽう》のアブは兄《あに》の鼻《はな》にもどらず、弟《おとうと》の鼻《はな》に入《はい》っていった。

それと同時《どうじ》にふたりは目《め》をさまし、兄《あに》は、

「いま、兄《にい》さんとひどいケンカをしていた夢《ゆめ》を見《み》たよ。負《ま》けそうになってにげてきたけれど、びっくりしたよ」

といいだした。

弟《おとうと》のほうは、

「おれもお前《まえ》とケンカをして、おいかけてきたら目《め》がさめたんだ」

と話《はな》している。これを聞《き》いていた男《おとこ》はふしぎに思《おも》った。

それでもみなでのこりの仕事《しごと》をして、帰《かえ》ることにした。

家《いえ》につくと、すっかり日《ひ》もかたむいている。兄弟《きょうだい》の母親《ははおや》が出《で》てきて、

男《おとこ》に、

「今日《きょう》はせっかくだから、うちで食《た》べていってください」

と声《こえ》をかけた。このときも、兄《あに》はにここと立《た》っているだけだったが、

弟《おとうと》が、

「遠慮《えんりょ》せずに、うちで夕飯食《ゆうはんた》べてください」

とすすめてくれる。

男《おとこ》も、ふたりのようすが気《き》になって、夕飯《ゆうはん》をごちそうになっていくことにした。

ところが、これから夕飯《ゆうはん》だというときに、兄《あに》のすわる席《せき》に弟《おとうと》があぐらをかいてすわっている。そして、兄《あに》のお嫁《よめ》さんに「おい、飯《めし》をよそっ

てくれ」などといっている。そして男《おとこ》にも席《せき》をすすめたりして気《き》をつかってくれる。かたや兄《あに》は、弟《おとうと》の席《せき》に小《ちい》さくなってすわっている。

母親《ははおや》が、

「おやおや、どうしたんだい。お前《まえ》たち、すわる場所《ばしょ》がおかしいだろう」

と声《こえ》をかけても、

「なにがおかしいんだい。母《かあ》さん」

とふたりとも、とりあわない。

お嫁《よめ》さんも、こまり顔《がお》だ。

それで、男《おとこ》が今日山《きょうやま》の中《なか》で見《み》た、ハチとアブがあべこべに鼻《はな》にもどっていった話《はなし》をした。最初《さいしょ》、兄《あに》の鼻《はな》から出《で》てきたアブが兄《あに》の魂《たましい》で、弟《おとうと》の鼻《はな》から出《で》てきたハチは、弟《おとうと》の魂《たましい》だったのではないか。人《ひと》がねているときに、魂《たましい》がチョウチョやトンボに姿《すがた》をかえて、外《そと》に遊《あそ》びに出《で》ると聞《き》いたことがある。でも、ケンカをしてあわててもとにもどったから、入《はい》る体《からだ》をまちがえてしまったのだろう……と。

結局《けっきょく》このあとも、ふたりはあいかわらず、兄《あに》は弟《おとうと》のように、弟《おとうと》は兄《あに》のようになってしまったということだ。

夢《ゆめ》に見《み》た赤《あか》ちゃん

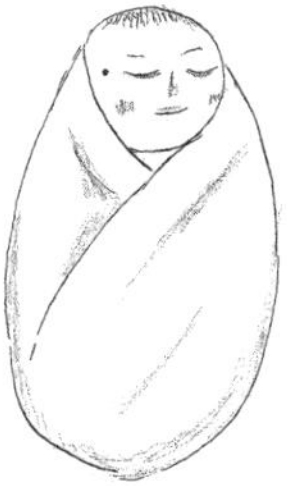

斎藤君子《さいとうきみこ》

カテリーナは夫《おっと》とふたりぐらし。夫婦仲《ふうふなか》もよく、なに不自由《ふじゆう》なくくらしていたが、ひとつだけ、なやみごとがあった。結婚《けっこん》してもう十年《ねん》になるというのに、まだ子《こ》どもができないのだ。知《し》りあいの家《いえ》に子《こ》どもが生《う》まれたと聞《き》くたびに、カテリーナは「よかったわね。おめでとう」と心《こころ》の底《そこ》からいったが、ひとりぼっちになると、どうしようもなくさびしくなって、やりきれない気持《きも》ちになるのだった。そんなときはだれにも気《き》づかれないように、ひとりかくれて涙《なみだ》をながすほかなかった。

そんな夏《なつ》のある日《ひ》のこと、カテリーナは夢《ゆめ》を見《み》た。死《し》んだ母《かあ》さんが赤《あか》ちゃんをだっこして、カテリーナの家《いえ》にひょっこりやってきた夢《ゆめ》だった。女《おんな》の赤《あか》ちゃんで、くりくりとした、真《ま》ん丸《まる》い目《め》でカテリーナの顔《かお》をじっと見《み》つめ、にっこりほほえんだ。右目《みぎめ》の横《よこ》にひとつ、ぽつんと小《ちい》さなほくろがあるのが、なんともあいらしい。

「まあ、なんてかわいい子《こ》なの！　ママ、この子《こ》、どこの子《こ》？」

カテリーナが母《かあ》さんにそうたずねると、母《かあ》さんはほほえんで、こうこたえた。

「かわいい子《こ》だろう。お前《まえ》、この子《こ》と会《あ》うの、はじめてだったわね。こ

の子《こ》はお前《まえ》の姉《ねえ》さんのルイーザだよ。お前《まえ》によくにているだろう。お前《まえ》には生《う》まれてすぐに死《し》んだ姉《ねえ》さんがいたってこと、しっているよねえ。今日《きょう》はお前《まえ》にこの子《こ》をだかせてやろうと思《おも》って、ここへつれてきたんだよ。さあ、だいてやっておくれ」

母《かあ》さんはそういって、赤《あか》ちゃんをさしだした。カテリーナが赤《あか》ちゃんをだきあげると、ミルクのあまいにおいがプーンとした。

「ああ、赤《あか》ちゃんのにおいだわ！」

カテリーナはなんともいえない、しあわせな気分《きぶん》につつまれた。そこで目《め》がさめた。

「なんだ、夢《ゆめ》だったのか。あんなかわいい赤《あか》ちゃんをだけたら、どんなにしあわせかしら！」

カテリーナはベッドの中《なか》で横《よこ》になったまま、「あーあ！」と大《おお》きなため息《いき》をつき、両腕《りょううで》をかかえこんだ。腕《うで》の中《なか》にはまだ、赤《あか》ちゃんをだいたときのぬくもりがのこっているような気《き》がした。

それから一か月《げつ》あまりたって、カテリーナは病院《びょういん》へ行《い》った。なんだか体《からだ》の調子《ちょうし》が悪《わる》くて、食欲《しょくよく》がなかったのだ。先生《せんせい》は診察《しんさつ》を終《お》えると、カテリーナにこういった。

「おめでたですよ。赤《あか》ちゃんです。来年《らいねん》の春《はる》、あなたはママになるのですよ」

カテリーナは夢《ゆめ》ではないかと思《おも》うほど、うれしかった。おなかの赤《あか》ちゃ

んはすくすくそだち、翌年《よくとし》の春《はる》、カテリーナは病院《びょういん》でぶじ、赤《あか》ちゃんを生《う》んだ。
「元気《げんき》な女《おんな》の子《こ》ですよ」
看護師《かんごし》さんがそういって、バスタオルにくるんだ赤《あか》ちゃんをカテリーナの胸《むね》にだかせてくれた。カテリーナはその子《こ》の顔《かお》を見《み》たとたん、「ルイーザだ！」と思《おも》った。まだ目《め》をつむっているけど、大《おお》きな目《め》をしたかわいい女《おんな》の子《こ》だ。右目《みぎめ》の横《よこ》には小《ちい》さなほくろだってある。

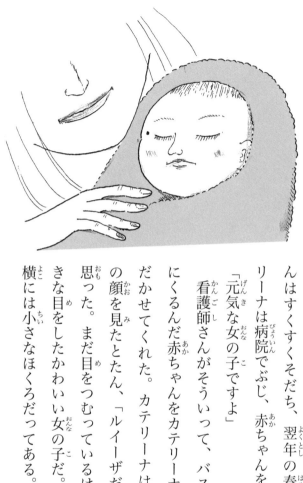

「まちがいないわ。ルイーザだわ」

カテリーナにははっきりとわかった。

「あなたはルイーザよね！　ママがわたしにだかせてくれた、あのルイーザよね！」

カテリーナは赤《あか》ちゃんを胸《むね》にしっかりとだいて、そうつぶやいた。

もちろん、この子《こ》はルイーザと名《な》づけられ、カテリーナ夫婦《ふうふ》にたいせつにそだてられた。

帰《かえ》りのHR《ホームルーム》

授業《じゅぎょう》が終《お》わって、もうすぐHR《ホームルーム》がはじまるのに、ぶるぶるくんは教室《きょうしつ》へもどってきません。

「ぶるぶるくん、どうしてるかな。保健室《ほけんしつ》へようすを見《み》にいってみようよ」

河童《かっぱ》の一平《いっぺい》がそういって、魔女《まじょ》のまじょ子《こ》、ミイラまきまきくん、バクのクースケがいっしょに行《い》くことになりました。

みんなが保健室《ほけんしつ》の前《まえ》まできたときに、

「ぎゃー」

と、中《なか》からすごい声《こえ》がしました。びっくりして中《なか》に入《はい》ると、口《くち》さけ女先生《おんなせんせい》が心配《しんぱい》そうに、ベッドにねているぶるぶるくんの顔《かお》をのぞきこんでい

ます。

「どうしたの？　ぶるぶるくん。だいじょうぶ？」

一平《いっぺい》がたずねると、ぶるぶるくんがふるえながらいいました。

「ああ、ゆ、夢《ゆめ》でよかった。こわかった……」

「どんな夢《ゆめ》？　今日《きょう》は、わたしたち、夢《ゆめ》について勉強《べんきょう》したのよ」

とまじょ子《こ》がいいました。

「ぶるぶるくんの夢《ゆめ》の話《はなし》も聞《き》きたいな。こわい夢《ゆめ》はぼくが食《た》べてあげるよ」
とバクのクースケ。ぶるぶるくんは話《はな》しはじめました。
「夢《ゆめ》の中《なか》で、ぼくはねているのにあきて校《こう》庭《てい》に出《で》たんだ。そしたら、山姥銀子《やまうばぎんこ》先生《せんせい》と百キロばあ先生《せんせい》がグラウンドで競走《きょうそう》してて、ぼくを見《み》つけてふたりでおいかけてきたんだ。必死《ひっし》ににげて校舎《こうしゃ》に入《はい》ろうとしたら、鬼丸金棒先生《おにまるかなぼうせんせい》に、『こら、授業中《じゅぎょうちゅう》にふらふ

らするな』って、金棒《かなぼう》でぽかぽかたたかれた」

「へえ、すごい夢《ゆめ》だね」

と一平《いっぺい》がいいました。

「それからとつぜんものすごい雷《かみなり》がなって、雷獣《らいじゅう》ビリビリ先生《せんせい》とお天気《てんき》おじさんが目《め》の前《まえ》におちてきた。びっくりして保健室《ほけんしつ》にとびこんだら、口《くち》さけ女先《おんなせん》生《せい》が『さあ、いっしょに歯《は》みがきしましょ』っていって、マスクをとったんだ。

そこで目《め》がさめたんだよ」

「それであんな大声《おおごえ》を出《だ》すなんて、こわがりすぎよ」

口《くち》さけ女先生《おんなせんせい》はちょっとふきげんそうです。

「こわいことつづきだね。そんな夢《ゆめ》を見《み》たら、もうねむれなくなっちゃう」

と、ミイラまきまきくんがいいました。

「でも、鬼丸先生《おにまるせんせい》の夢《ゆめ》って、おこづかいがもらえる前《まえ》ぶれじゃなかった？」

とまじょ子《こ》。

「じゃあ、こわいとこだけ、食《た》べちゃうね。……うん、おいしいな」

クースケは目《め》をとじて、もぐもぐ口《くち》をうごかしています。

口《くち》さけ女先生《おんなせんせい》が、ぶるぶるくんのひたいに手《て》をあてていいました。

「体《からだ》もあたたまったようだし、それだけ話《はなし》ができるんだから、すっかり元気《げんき》になったってことね。じゃあ、もう教室《きょうしつ》へもどりなさい。……それとも、いっしょに歯《は》みがきする？」

ぶるぶるくんはベッドから出《で》て、いそいでこたえました。

「みんなといっしょに教室《きょうしつ》にもどります。先生《せんせい》、ありがとうございました」

おいしかった〜

解説《かいせつ》

高津《たかつ》美《み》保《ほ》子《こ》

みなさん、こんばんは。今夜《こんや》の「オウマガドキ学園《がくえん》」の授業《じゅぎょう》はいかがでしたか。今日《きょう》は夢《ゆめ》や睡眠中《すいみんちゅう》のできごとについて勉強《べんきょう》しました。楽《たの》しい夢《ゆめ》、こわい夢《ゆめ》、未来《みらい》を予《よ》言《げん》する夢《ゆめ》、お知《し》らせの夢《ゆめ》などいろいろありますが、みなさんは夢《ゆめ》をしんじますか？

猫又《ねこまた》タマ子《こ》先生《せんせい》の**「はじまりのHR《ホームルーム》」**のとちゅうで、具合《ぐあい》の悪《わる》そうなぶるぶるくんが保健室《ほけんしつ》に行《い》くと、そこには口《くち》さけ女先生《おんなせんせい》がいて、ぶるぶるくんの体温《たいおん》が低《ひく》いのにおどろきます。あたたかいベッドに入《はい》ったぶるぶるくんは、やがて、ねむりにつきます。

1時間目《じかんめ》は、**「メルドンの魔女《まじょ》」**です。夢《ゆめ》で見《み》た魔女《まじょ》のかくし金《がね》を手《て》に入《い》れようとしたお百姓《ひゃくしょう》さんは、真夜中《まよなか》に井戸《いど》から重《おも》い袋《ふくろ》をひきあげますが、思《おも》わず……。なんでもいわれたとおりにやるのはむつかしいものですね。**「長吉《ちょうきち》の夢《ゆめ》」**は、高山《たかやま》の味噌買《みそかい》橋《ばし》にいればよい話《はなし》が聞《き》けるというものでした。お告《つ》げどおり長吉《ちょうきち》が何日《なんにち》も橋《はし》の上《うえ》にいると、見《み》かねたとうふ屋《や》が「夢《ゆめ》なんかあてにするな」と声《こえ》をかけてきますが、この男《おとこ》の話《はなし》こそが、夢《ゆめ》のお告《つ》げのよい話《はなし》でした。この話《はなし》は外国《がいこく》からつたわった話《はなし》のようです。

休《やす》み時間《じかん》では、生徒《せいと》の見《み》た夢《ゆめ》や**「いろいろな夢《ゆめ》」**の言《い》い伝《つた》えを紹介《しょうかい》しています。

2時間目《じかんめ》の**「予知夢《よちむ》」**では、ビルの屋上《おくじょう》からとびおり自殺《じさつ》した男性《だんせい》とそれにまきこまれて路上《ろじょう》で死《し》んだ女性《じょせい》を、主人公《しゅじんこう》のぼくは実際《じっさい》の事件《じけん》の三日前《みっかまえ》に、夢《ゆめ》の中《なか》で見《み》ていました。はじめてなのにここしっている、これちょっと前《まえ》に夢《ゆめ》で見《み》た、といった体験《たいけん》をもつ人《ひと》はけっこういるようです。**「白《しろ》い手《て》」**では、亨《とおる》が、二日《ふつか》つづけて家《いえ》のそばの川《かわ》から二本《ほん》の白《しろ》い手《て》がつきでている夢《ゆめ》を見《み》ます。その後友人《ごゆうじん》と、川《かわ》の上流《じょうりゅう》からながされてきた人《ひと》の死体《したい》を発見《はっけん》します。いつもその川《かわ》で遊《あそ》び、川《かわ》をながめている亨《とおる》なら、見《み》つけてくれると思《おも》ったのでしょう。

3時間目《じかんめ》は、江戸時代《えどじだい》の**「主人思《しゅじんおも》いのネコ」**の話《はなし》です。嫁《よめ》にいく娘《むすめ》の夢《ゆめ》に、長年《ながねん》いっしょにくらすネコのブチがあらわれ、この店《みせ》にはネズミの化《ば》け物《もの》がとりついていると話《はな》し、市兵衛《いちべえ》さんの家《いえ》のネコをつれてきてほしいとたのみます。そして、二ひきで協力《きょうりょく》して主人《しゅじん》のために大《おお》ネズミを退治《たいじ》してくれます。**「三人《にん》でおなじ夢《ゆめ》」**は、戦争末《せんそうまつ》期《き》、昭和《しょうわ》二十年《ねん》八月六日《がつむいか》の話《はなし》です。その日《ひ》の明《あ》け方《がた》、わたしと兄《あに》と母《はは》は入隊《にゅうたい》まもない父親《ちちおや》が家《いえ》に帰《かえ》ってくるおなじ夢《ゆめ》を見《み》ます。後《のち》にそれは、その日広島《ひひろしま》で命《いのち》をおとした父《ちち》親《おや》の死《し》の知《し》らせだったとわかります。戦争《せんそう》の時代《じだい》、かぞえきれないほどの魂《たましい》が時空《じくう》をこえて安否《あんぴ》を気《き》づかう家族《かぞく》のもとにとび、自《みずか》らの死《し》をしらせました。

4時間目《じかんめ》の**「起《お》きちゃう」**は、新《あたら》しいマンションにひっこしたばかりの蛍子《けいこ》が体験《たいけん》した話《はなし》です。幽霊《ゆうれい》のお母《かあ》さんも「やめなさいっていってるでしょ！」なんておこったり、手《て》をあげたりするんですね！**「パジャマの子《こ》ども」**たちも幽霊《ゆうれい》だったようです。入院《にゅういん》した会社員《かいしゃいん》の明《あきら》さんは、パジャマの子《こ》どもたちに手《て》をひっぱられます。夢《ゆめ》だと思《おも》ったのに、明《あきら》さんの体《からだ》には小《ちい》さな手形《てがた》がいっぱい。あの世《よ》にひっぱられるところだったのでしょうか。

給食時間《きゅうしょくじかん》は、**「一番《いちばん》すごい夢《ゆめ》」**を見《み》たものがチーズをひとりじめできるという約束《やくそく》をするブラジルの話《はなし》です。朝《あさ》、ペドロは天国《てんごく》に行《い》った夢《ゆめ》を見《み》たといい、二人目《ふたりめ》のジョアンは地獄《じごく》に行《い》った夢《ゆめ》を見《み》たといいますが、マヌエルは、ふたりが天国《てんごく》と地獄《じごく》に行《い》っているあいだに食《た》べちゃったといいます。日本《にほん》の「ほらふきくらべ」同様《どうよう》、三人目《にんめ》が機転《きてん》をきかせてうまくやるオチになっています。

5時間目《じかんめ》は、ドイツの**「真夜中《まよなか》の夢魔《むま》」**の話《はなし》です。日本《にほん》の金《かな》しばりにていますが、夢魔《むま》の多《おお》くは女性《じょせい》で、夜中《よなか》に本人《ほんにん》もしらないあいだに体《からだ》から霊《れい》がぬけだして、見《み》しらぬ人《ひと》のところにいって相手《あいて》をくるしめます。この話《はなし》のように恋人《こいびと》のところにかようのはめずらしい例《れい》です。でも、ふたりにはこのましあわせになってほしいものです。

「夢《ゆめ》に出《で》てきた女《おんな》と結婚《けっこん》した男《おとこ》」は、中国《ちゅうごく》の話《はなし》です。長官《ちょうかん》の息子《むすこ》の馬子《マズ》は、夢《ゆめ》にあらわれた娘《むすめ》から、結婚相手《けっこんあいて》だといわれ、娘《むすめ》を生《い》きかえらすことに力《ちから》をかします。しだいに娘《むすめ》の体《からだ》が再生《さいせい》し、ふたりは結婚《けっこん》したという話《はなし》です。髪《かみ》の毛《け》からだんだんに体《からだ》ができ、一年《ねん》もかかって娘《むすめ》が再生《さいせい》する過程《かてい》がたいへんおもしろいですね。

6時間目《じかんめ》の**「入《い》れかわった兄弟《きょうだい》」**では、兄弟《きょうだい》が山仕事《やましごと》に出《で》かけ、昼食後《ちゅうしょくご》のうた寝《ね》の最中《さいちゅう》にそれぞれの鼻《はな》の穴《あな》からハチとアブが出《で》てきます。しかしハチとアブは、もどるときに入《はい》る鼻《はな》をまちがえたため、兄弟《きょうだい》の魂《たましい》が入《い》れかわり、人格《じんかく》もかわってしまったという話《はなし》です。人《ひと》の魂《たましい》はしばしばハチやチョウ、トンボ、セミなど、とぶことのできる虫《むし》などの姿《すがた》をとるとしんじられています。ドイツには、白《しろ》ネズミになる話《はなし》があります。ロシアの**「夢《ゆめ》に見《み》た赤《あか》ちゃん」**は、夢《ゆめ》の中《ちゅう》で死《し》んだ母親《ははおや》がだかせてくれた赤《あか》ちゃんとそっくりの赤《あか》ちゃんをさずかるふしぎな話《はなし》です。夢《ゆめ》の中《なか》の子《こ》は、生《う》まれてすぐに死《し》んだカテリーナの姉《あね》のルイーザでしたが、生《う》まれた子《こ》はきっとその生《う》まれかわりだったのでしょう。おさなくして死《し》んだ子《こ》が兄弟姉妹《きょうだいしまい》など近《ちか》い身内《みうち》に生《う》まれかわるというのはめずらしくないようです。

「帰《かえ》りのＨＲ《ホームルーム》」の前《まえ》に、保健室《ほけんしつ》にぶるぶるくんのようすを見《み》にいった子《こ》どもたちは、保健室《ほけんしつ》から「ぎゃー」という声《こえ》を聞《き》きびっくり。低熱《ていねつ》で休《やす》んでいたぶるぶるくんから、こわい夢《ゆめ》の話《はなし》を聞《き》きます。ぶるぶるくん、もう、なおったかな？

怪談オウマガドキ学園編集委員会

常光 徹（責任編集） 岩倉千春
高津美保子 米屋陽一

協力

日本民話の会

怪談オウマガドキ学園
16 保健室で見たこわい夢

2016年 4 月15日 第1刷発行
2018年10月15日 第3刷発行

怪談オウマガドキ学園編集委員会・責任編集 ■ 常光 徹
絵・デザイン ■ 村田桃香（京田クリエーション）
絵 ■ かとうくみこ 山﨑克己
写真 ■ 岡倉禎志

発行所 株式会社童心社
〒112-0011 東京都文京区千石4-6-6
03-5976-4181（代表） 03-5976-4402（編集）
印刷 株式会社光陽メディア
製本 株式会社難波製本

Published by DOSHINSHA Printed in Japan
ISBN978-4-494-01724-9 NDC913 158p 17.9×12.9cm
https://www.doshinsha.co.jp/

怪談《かいだん》オウマガドキ学園《がくえん》シリーズ

1. 真夜中《まよなか》の入学式《にゅうがくしき》
2. 放課後《ほうかご》の謎《なぞ》メール
3. テストの前《まえ》には占《うらな》いを
4. 遠足《えんそく》は幽霊《ゆうれい》バスで
5. 冬休《ふゆやす》みのきもだめし
6. 幽霊《ゆうれい》の転校生《てんこうせい》
7. うしみつ時《どき》の音楽室《おんがくしつ》
8. 夏休《なつやす》みは百物語《ひゃくものがたり》
9. 猫《ねこ》と狐《きつね》の化《ば》け方教室《かたきょうしつ》
10. 4時《じ》44分《ぷん》44秒《びょう》の宿題《しゅくだい》
11. 休《やす》み時間《じかん》のひみつゲーム
12. ぶきみな植物観察《しょくぶつかんさつ》
13. 妖怪博士《ようかいはかせ》の特別授業《とくべつじゅぎょう》
14. あやしい月夜《つきよ》の通学路《つうがくろ》
15. ぞくぞくドッキリ学園祭《がくえんさい》
16. 保健室《ほけんしつ》で見《み》たこわい夢《ゆめ》
17. 旧校舎《きゅうこうしゃ》のあかずの部屋《へや》
18. 真夏《まなつ》の夜《よ》の水泳大会《すいえいたいかい》

オウマガドキ学園《がくえん》 4コマ劇場《げきじょう》

口《くち》さけ女先生《おんなせんせい》のマスク

オウマガドキ学園《がくえん》 4コマ劇場《げきじょう》

口《くち》さけ女先生《おんなせんせい》のマスク